L'esprit artificiel

Ouvrages de Raphaël Enthoven
parus aux Éditions de l'Observatoire

Morales provisoires, 2018.
(Nouvelles) morales provisoires, 2019.
Le Temps gagné, 2020.
L'École des dames. Parodie en trois actes, 2021.
Krasnaïa. Récit, 2022.
Qui connaît Fabien Roussel ?, 2022.

À la mémoire de Catherine David

« Un créateur ne fait jamais ce que ses imitateurs auraient fait à sa place. »

VLADIMIR JANKÉLÉVITCH

Imaginez qu'un beau jour votre conjoint vous demande *pour quelle raison* vous l'aimez. Et que vous, malheureux, vous aventuriez à répondre à cette question piège...

On peut douter que votre histoire d'amour y survive.

Si vous dites « Je t'aime parce que tu es belle [ou beau] », vous laissez entendre que le temps joue en sa défaveur et que votre amour s'estompera avec la beauté de l'autre. Si vous dites « Je t'aime parce que tu es riche », non seulement vous êtes un mufle, mais surtout vous confessez qu'un revers de fortune suffirait à vous faire déguerpir. Si vous dites « Je t'aime pour ton originalité », vous mettez vos élans à la merci d'un moment comme les autres, etc. Autrement dit, quelles que soient les excellentes causes que vous donniez à votre sentiment, ce dernier paraît soluble dans la dissipation des causes que vous lui avez trouvées. Ne répondez pas ! N'avouez jamais !

L'amour n'est pas la conclusion d'un raisonnement. L'amour n'est pas le point d'orgue d'une déduction. L'amour commence par lui-même. L'amour ne s'infère pas, ne se justifie pas, et s'excuse moins encore. L'amour, dit Jankélévitch, est une élection massive et indivise qui transcende les raisons d'aimer. Aucun intellect ne détient le fin mot d'une préférence ni n'élucide l'énigme d'un choix. On aime l'autre parce que c'est Elle, parce que c'est Lui, et non parce qu'ils sont aimables.

C'est la raison pour laquelle, s'il n'est pas impossible de trouver l'amour sur un réseau de rencontres, ce sera par un hasard où la concordance des critères n'entre vraisemblablement pour rien. Le fait qu'on se ressemble ou qu'on se convienne n'est pas une raison de s'aimer, car il n'y a pas de raison d'aimer. On peut tout à fait tomber amoureux de la personne qui coche toutes les cases, mais alors ce sera en vertu d'une case en plus, ou d'une case en moins, d'un je-ne-sais-quoi qui surmonte les données dont on dispose *a priori*. Mon *date* n'est pas qu'un fagot de *data*.

« Il n'y a pas d'amour, dit Reverdy, il n'y a que des preuves d'amour », et nous voilà mis en garde contre les beaux parleurs dont les actes ne suivent pas. Mais on pourrait dire l'inverse : les preuves d'amour, qu'on peut dénombrer, ne sont rien à côté de l'amour dont elles portent témoignage. Et quoi qu'on dise ou quoi qu'on fasse, aucune parole, aucun geste ne sera jamais à la hauteur du sentiment qui l'inspire.

Bref, quand on aime, on ne compte pas.

Le je-ne-sais-quoi

Loin de moi l'idée de nier l'ampleur de la révolution que constitue l'irruption de l'intelligence artificielle à grande échelle. Sciences dures, sciences humaines, droit, recrutement, Éducation nationale, armée, finances... Plus rien ne sera comme avant.

En droit[1], quand elle ne passe pas elle-même avec succès les épreuves du barreau, l'intelligence artificielle (IA) peut produire des synthèses à partir d'une montagne de documents, rédiger la trame d'un contrat, s'acquitter de toutes les tâches répétitives, classer les jurisprudences ou lister les situations comparables, voire évaluer les risques et les chances de succès d'une procédure... Au quotidien, l'IA permet d'analyser un profil financier, de calculer les chances de souscrire un produit de défiscalisation immobilière et de connaître les habitudes

1. C'est au journal *L'Express* (à l'excellent dossier paru en juillet 2023, intitulé « IA : les rêves fous ») que j'emprunte ici la liste des performances dont l'IA se rend capable.

d'un contribuable à partir de sa base de données et de l'analyse des dépenses et des ressources. En matière de recrutement, l'IA peut transformer des notes d'entretien en synthèses rédigées, afficher la recherche des recruteurs, trouver le candidat idéal (sur le papier), identifier les mots-clefs susceptibles de faire remonter les profils les plus pertinents, bref maximiser le rendement à toutes les étapes du métier. En médecine, c'est encore plus spectaculaire : l'IA peut retranscrire au mot près la conversation entre un praticien et son malade, dérouler en un instant un document écrit prêt à l'emploi. En radiothérapie, des algorithmes permettent d'obtenir une anatomie en 3D en deux à trois minutes. Dans la recherche médicale, c'est à elle que l'on confie désormais le soin de découvrir des médicaments. Dans le domaine militaire, entre les cyberattaques, l'omniprésence des drones, la génération de données trompeuses, le traitement des satellites, la maintenance prédictive et l'anticipation des pannes, l'IA a remporté la bataille depuis des années. À l'heure où j'écris ces lignes, une IA peut créer des machines autonomes, des robots tueurs capables de repérer et de frapper des cibles sans opérateur humain, ou bien réduire à quelques secondes l'intervalle qui sépare l'identification de la frappe d'une cible à partir de données collectées par des drones ou des satellites, anticiper des mouvements de troupes adverses et proposer des scénarios d'action qui incluent d'innombrables paramètres comme le degré de blindage, l'état des infrastructures, voire les leçons des batailles du passé...

L'IA est partout et son omniprésence est irréversible.

Que ne peut-elle, dirait Tocqueville, nous « ôter entièrement le trouble de penser et la peine de vivre » ? D'ailleurs, dans l'enseignement, on ne compte plus les fraudes massives et collectives, ni les crises de paresse (« À quoi bon apprendre puisque j'ai tout sous la main ? ») autrement connues sous le nom de « syndrome de Theuth », du nom du scribe qui, raconte Platon dans le *Phèdre*, crut sauver la mémoire en inventant l'écriture et à qui Pharaon répondit qu'il avait sauvé l'oubli lui-même - stupéfiante prédiction notamment avérée, au XXIe siècle, par l'atrophie du muscle mémoriel sous l'effet des bibliothèques de photos.

Mais en philosophie, l'IA ne sert à rien.

La trouvaille qui irrigue désormais l'ensemble de nos champs de compétence se trouve comme une poule devant un couteau quand on lui demande de concevoir une problématique et, donc, de rédiger une dissertation. Comment ce jouet extraordinaire, le prototype d'agent conversationnel (dopé à l'IA) ChatGPT, qui peut vous conseiller une recette en fonction du contenu de votre réfrigérateur, répondre à n'importe quelle question, concevoir un site web à partir d'un croquis, rédiger un article ou composer un poème sur le sujet de notre choix, qui est capable d'effectuer à tout instant la sommation de l'intégralité du savoir disponible sans omettre de tisser des passerelles entre des corpus distincts pour en livrer une synthèse en quelques secondes... peut-il être aussi nul en philosophie ? Comment se fait-il que l'exercice qui consiste à réfléchir soit durablement immunisé contre les méfaits (ou les bénéfices) de l'IA ? À quoi tient cette singularité, ce je-ne-sais-quoi rétif à sa mise en chiffres ? Pourquoi le geste tout simple qui consiste à trouver une problématique, c'est-à-dire à transformer une question en problème pour en faire la colonne vertébrale d'une réflexion, demeure-t-il définitivement hors de sa portée ? Pourquoi l'exercice de la philosophie est-il inaccessible à l'intelligence artificielle ? Ou bien pourquoi l'humanité reste-t-elle un casse-tête pour la machine ? C'est la même question.

Une balade aux sentiers infinis

La philosophie ne fait pas de progrès.

En astronomie, nous sommes passés du géocentrisme d'Aristote ou de Ptolémée au satellite James-Webb et ses photos de l'univers en haute définition. En médecine, nous sommes passés des purgatifs et des saignées médiévales aux opérations à cœur ou crâne ouvert. En matière d'impression, nous sommes passés des moines copistes à l'imprimante 3D. En informatique, nous sommes passés du boulier aux smartphones et leurs épigones connectés. Le coût de lecture de notre ADN a été divisé par six millions en vingt ans. Nous savons opérer le séquençage des chromosomes d'espèces disparues, comme nous pouvons analyser la trajectoire et la composition des exoplanètes... Mais en philosophie, par un étrange privilège que celle-ci partage avec la littérature, l'humanité n'est pas aujourd'hui meilleure, ou plus compétente, qu'au temps de Platon. Bien qu'ils soient sertis dans leur époque, pétris de son lexique et largement tributaires d'un contexte chaque fois différent, les chefs-d'œuvre de la pensée n'ont pas d'âge et l'on peut aisément mettre en dialogue, à l'avantage du plus ancien, des textes que des millénaires séparent.

Si Platon, par exemple, donne l'impression de répondre aux critiques de Nietzsche en maints endroits (que ce soit l'accusation de calomnier le corps en prônant un idéal ascétique, d'imposer au monde la grille d'un « dualisme moral », ou bien de séparer la force de ce qu'elle peut), il est inexact de dire qu'il y répond « à l'avance ». Platon répond à Nietzsche à l'instant où un commentateur avisé saisit dans ses dialogues - notamment le *Gorgias*, qui met Socrate aux prises avec le très nietzschéen Calliclès - les arguments opposables à Nietzsche, et organise le débat de deux pensées.

De même, il est un peu court de dire que Spinoza devance les objections de Leibniz quand il déconstruit dans l'*Éthique* l'hypothèse d'un Dieu semi-libre, tout à la fois volontariste et soumis au principe du meilleur. Le fait que Leibniz en forge la fiction dans la *Théodicée* quelques décennies plus tard fournit simplement l'illustration qui manquait à son prédécesseur.

De Platon à Plotin (son commentateur infidèle), qui enseigna sept siècles après lui, il n'y a, là non plus, pas d'augmentation ni de progrès, mais une déclinaison, un approfondissement et même une tentative de dissidence sur la question précise de la beauté, qui justifie de les lire en même temps, et de recueillir les fruits de leur contraste.

De Bergson à Jankélévitch (qui en était le meilleur élève), la même intuition de la durée explore des sentiers inattendus comme la question de la mort, passée sous silence chez Bergson et centrale chez Jankélévitch, mais, une fois de plus, cette valeur ajoutée ne fait pas un progrès, juste une variation fertile. La fécondation d'une pensée par son commentaire. L'enfantement d'un système par l'accouplement d'un précédent. De sorte qu'on peut exactement dire des philosophes ce que Proust dit des écrivains : « Tout dans l'individu, chaque individu recommence, pour son compte, la tentative artistique ou littéraire ; et les œuvres de ses prédécesseurs ne constituent pas, comme dans la science, une vérité acquise, dont profite celui qui suit. Un écrivain de génie aujourd'hui a tout à faire. Il n'est pas beaucoup plus avancé qu'Homère. » Un philosophe d'aujourd'hui a tout à faire. Il n'est pas beaucoup plus avancé qu'Aristote.

La philosophie voyage d'un livre à l'autre, d'une époque à l'autre, et fait, à chaque étape, provision de nouveaux mots, de nouvelles figures, sinon de nouveaux problèmes ; la philosophie gambade d'un système à son concurrent, sautille de métaphysique en métaphysique, mais en cette balade dont les sentiers sont infinis (puisqu'ils apparaissent à mesure qu'on les découvre), en cette évolution qui regarde en arrière, il n'est jamais question d'un progrès. Dans l'histoire des idées, le temps ne passe pas de façon linéaire, sinon par les événements sur lesquels les pensées s'appuient, ou sous la forme d'un décor et d'un vocabulaire. Pour le reste, l'essentiel, les philosophes sont rigoureusement contemporains les uns des autres. C'est la raison pour laquelle il faut parler de leur pensée au présent : parler d'une pensée, c'est en parler de son vivant. Tel un kaléidoscope de l'univers, adaptable à l'œil de chacun, dont la géographie dépendrait du caractère de l'observateur, l'histoire des idées se présente comme un panorama actif, une galaxie de systèmes autour desquels s'agrègent des satellites plus ou moins distants, et entre lesquels se tissent des passerelles scintillantes et sans nombre qui donnent au tout la densité d'une toile d'araignée. La philosophie, c'est le temps retrouvé.

C'est ainsi qu'il est donné aux plus grands auteurs de devancer des phénomènes, ou de penser des tendances qu'ils n'ont pas connues. Leibniz, dont le chef-d'œuvre (la *Monadologie*) date de 1715, est indispensable à l'intelligence de tout ce qui relève, de nos jours, du réseau, de la cybernétique ou de l'économie marchande. Montaigne ou Spinoza sont essentiels à la lutte contre l'islamisme. Deux mille trois cents ans avant *Crime et châtiment*, Platon se demande déjà s'il vaut mieux subir l'injustice que la commettre...

C'est également ainsi qu'il est donné à d'autres de voir l'avenir, comme Tocqueville qui, en 1835, voit venir « une foule innombrable d'hommes semblables et égaux qui tournent sans repos sur eux-mêmes pour se procurer de petits et vulgaires plaisirs, dont ils emplissent leur âme », ou bien Nietzsche, qui affirme en 1884 : « Grâce à la liberté des communications, des groupes d'hommes de même nature pourront se réunir et fonder des communautés. Les nations seront dépassées. » À quoi tient cette grâce quasi divinatoire ? À la vigilance. À l'attention renouvelée qui saisit, en gestation, les linéaments de l'avenir dans la tourbe du présent. Si la description que Tocqueville fournit d'une démocratie malade de son individualisme saisit le lecteur par sa ressemblance avec l'époque que nous vivons, c'est qu'en allant chercher le fait démocratique à son émergence, aux États-Unis, dans un pays dépourvu d'ancien régime, Tocqueville en dévoile les tendances inévitables. Si Nietzsche - un technophobe dont les contemporains se déplaçaient à cheval et dont les lettres mettaient des semaines à atteindre leur destinataire - entrevoit, avec cent vingt ans d'avance, un réseau de communication si puissant qu'il forme des confréries sans frontières, c'est que le besoin de communication lui paraît essentiellement grégaire, et qu'à ses yeux nos gestes et nos sentiments ne deviennent conscients que pour nous préserver du danger en créant des ponts avec nos semblables.

Progrès technique et noviciat moral

La philosophie ne fait pas de progrès.

Ce qui ne veut pas dire qu'elle soit immobile, ou qu'elle stagne.

Comme le Smic est indexé sur l'inflation, son développement dépend de celui de l'humanité, or l'humanité ne progresse pas non plus. Ce qui se démontre par l'absurde : si l'humanité avait fait des progrès, il n'y aurait plus aujourd'hui de gens pour voir une punition divine dans l'expansion d'un virus, l'injustice, la haine et la pauvreté seraient éradiquées depuis longtemps, et le XXe siècle n'eût pas été celui des génocides.

Les progrès de la technique, de la vapeur à l'IA, immergent chaque génération dans un bain différent, et suscitent des capacités inédites. Aucun enfant de quatre ans n'ignore aujourd'hui l'usage d'un écran tactile, alors qu'il y a une vingtaine d'années, une telle compétence était introuvable. En revanche, du point de vue de la morale... non seulement, les problèmes qui s'offrent à nous sont toujours les mêmes, mais nous sommes nous-mêmes un perpétuel recommencement. Comme une plage de galets qui demeure identique alors qu'à chaque vague, tous les galets sont légèrement déplacés, chaque génération impose, en termes de morale, de tout reprendre à son début. Le développement spontané de nos compétences techniques, la domestication quasi instinctive des outils nouveaux que la technologie met à notre disposition, tout cela est sans conséquence sur l'infirmité éthique d'un enfant et l'urgence de lui apprendre les fondements précaires de la vie en commun.

L'éternel noviciat moral de l'humanité témoigne de l'éternité des questions qui s'offrent à elle. De la justice à la liberté, de l'altruisme à la volonté de puissance, de l'amour au désespoir, les générations passent et les problèmes demeurent. Comme un peintre saisit les contours de son temps au point qu'on en vienne à dire d'une image qu'elle est « un Vermeer » ou « un Renoir », les philosophes s'emparent des questions infinies, nantissent le lecteur des outils nécessaires à leur dissection : « Tel est l'univers nouveau et périssable qui vient d'être créé, dit encore Proust. Il durera jusqu'à la prochaine catastrophe géologique que déchaîneront un nouveau peintre ou un nouvel écrivain originaux. » Chaque système de pensée est un séisme inédit.

L'histoire des idées est un panorama truffé de cataclysmes centrifuges et féconds, dont les répliques forment des courants, et qu'on peut indifféremment parcourir dans tous les sens. Cataclysme ? Le mot n'est peut-être pas le bon, non par sa connotation négative (certaines pensées font effectivement trembler la Terre) mais parce qu'il donne le sentiment d'une génération spontanée. Or une pensée est l'enfant de son époque, de son pays et de ses prédécesseurs, auquel elle emprunte ses problèmes, ses codes et son vocabulaire. Mais par tout ce qui, en elle, échappe aux circonstances de son apparition, elle s'adresse aux clairvoyants de tous les temps.

« Un philosophe digne de ce nom n'a jamais dit qu'une seule chose, explique Bergson dans *L'Intuition philosophique* : encore a-t-il plutôt cherché à la dire qu'il ne l'a dite véritablement. Et il n'a dit qu'une seule chose parce qu'il n'a su qu'un seul point : encore fut-ce moins une vision qu'un contact ; ce contact a fourni une impulsion, cette impulsion un mouvement, et si ce mouvement, qui est comme un certain tourbillonnement d'une certaine forme particulière, ne se rend visible à nos yeux que par ce qu'il a ramassé sur sa route, il n'en est pas moins vrai que d'autres poussières auraient aussi bien pu être soulevées et que c'eût été encore le même tourbillon. »

À sauts et à gambades et par association d'idées, la philosophie tourbillonne, vibrionne, varie, s'éparpille en concepts, s'incarne en héros ou en traîtres, et brasse inlassablement la matière de l'époque qu'elle a sous la main, mais elle ne progresse pas. Si elle avance, c'est à la manière des Dupondt dans le désert, reparcourant sans fin des sillons identiques. Le professeur de philosophie est le gardien d'un musée vivant dont les portes sont toujours ouvertes, et dont les occupants ont le champ libre à toute heure, pour se rendre visite et partager leurs doutes. Voilà ce qu'une machine ne pourra jamais rattraper. Aucune IA ne peut faire du surplace depuis deux mille cinq cents ans ; ça va trop vite pour elle.

« À quoi sert la philosophie ? »

Ce n'est pas parce que la philosophie ne fait pas de progrès qu'on ne peut pas faire de progrès en philosophie.

Au contraire.

À quoi mesure-t-on un progrès en philosophie ?

Au remplacement d'une certitude par un doute. À la dissipation du familier sous l'étonnement retrouvé. À la répudiation des convictions sous l'effort d'approfondir ce qu'on croit. Il est courant, chez ceux qui ne la pratiquent pas et s'en font une idée abstraite, de tenir la philosophie pour un art de « prendre de la hauteur » (ou de « prendre du recul »), alors qu'elle fait exactement l'inverse. La philosophie se donne comme un art non seulement d'avoir les pieds sur terre, mais aussi, et surtout, de creuser.

À la question « Dieu existe-t-il ? », la philosophie répond par la question de savoir d'où nous vient le besoin de croire en Dieu. À la question de savoir si la vie a un sens, la philosophie réagit en se demandant pour quelle raison, pour être vécue, la vie devrait avoir une autre direction que la mort, le néant et l'oubli.

La difficulté n'est pas de répondre, mais de questionner la question qu'on vous pose. Dire qu'en philosophie les questions sont plus essentielles que les réponses, ce n'est pas seulement cantonner la philosophie au domaine du doute (en laissant à la théologie le soin de dire la vérité) ; c'est aussi faire de la question elle-même la matière de l'interrogation.

Prenons par exemple la question de savoir *à quoi sert la philosophie*. On peut y répondre de mille manières, sans qu'aucune d'elles ne soit pleinement satisfaisante.

À quoi sert la philosophie ?

À ne pas perdre sa vie à vouloir la gagner. À constater que les hommes se posent depuis toujours les mêmes questions, ce qui rend humble. À pressentir que les affaires humaines ne relèvent pas de la raison pure, ce qui rend prudent. À ne pas être l'ennemi de celui qu'on désapprouve, ce qui rend aimable. À comprendre que personne n'est plus conformiste que celui qui fait profession d'anticonformisme, et qu'il ne suffit pas d'être intelligent pour ne plus être bête, ce qui rend plutôt conservateur. À reconnaître qu'avoir des regrets, c'est être deux fois triste, ce qui rend heureux. À ne pas dépendre de ce qui ne dépend pas de soi, à prendre la réalité pour son désir plutôt que ses désirs pour des réalités, ce qui rend libre. À ne pas juger, ni haïr, ni pleurer, mais comprendre, comme dit l'autre. À ne pas évaluer le monde à l'aune de nos besoins. À se laisser surprendre par l'arrivée de ce qu'on attend, à ne pas être séparé du réel par les moyens qu'on se donne pour le connaître, à habiter l'univers que les sciences manipulent, bref, à élever le regard à la hauteur des enfants. Mais, encore une fois, aucune de ces réponses ne contente autant que la question de savoir *d'où vient le besoin que la philosophie soit utile*, et si l'indispensable n'est pas précisément ce qui nous affranchit de l'utilité. On a voulu voir une esquive dans la méthode qui consiste à questionner la question elle-même au lieu d'y répondre, alors que l'esquive est davantage dans la réponse qu'on ose donner à des questions pareilles. Combien de problèmes méritent d'être dissous, plutôt que résolus !

On entre en philosophie le jour où l'on croise dans un texte ou dans une discussion les réflexions qu'on gardait pour soi, ou les questions qu'on croyait être seul à se poser dans le silence des nuits. « Un jour, raconte le Narrateur d'*À la recherche du temps perdu*, ayant rencontré dans un livre de Bergotte, à propos d'une vieille servante, une plaisanterie que le magnifique et solennel langage de l'écrivain rendait encore plus ironique, mais qui était la même que j'avais si souvent faite à ma grand'mère en parlant de Françoise, une autre fois que je vis qu'il ne jugeait pas indigne de figurer dans un de ces miroirs de la vérité qu'étaient ses ouvrages une remarque analogue à celle que j'avais eu l'occasion de faire sur notre ami M. Legrandin [...] il me sembla soudain que mon humble vie et les royaumes du vrai n'étaient pas aussi séparés que j'avais cru, qu'ils coïncidaient même sur certains points, et de confiance et de joie je pleurai sur les pages de l'écrivain comme dans les bras d'un père retrouvé. » Joie, joie, joie et meurs de joie devant les pages d'un inconnu où sont miraculeusement consignées nos propres intuitions. Joie où l'orgueil précède l'humilité de quelques secondes : la vanité de croire qu'on pense comme un grand homme s'estompe rapidement sous le constat que si nos pensées croisent les siennes, c'est uniquement qu'en décrivant sa propre époque, en saisissant les invariants sous l'écume des faits, il décrivait aussi la nôtre. Le plaisir de se dire qu'on a eu la même idée qu'un génie disparaît sous la certitude que nous n'avons rien d'original, et que les idées les plus secrètes ont été couchées sur le papier et abondamment creusées par des morts de deux mille ans. Mais le sentiment de notre propre banalité s'estompe à son tour sous la découverte, non moins bouleversante, que, désormais, nous ne sommes plus seuls. On entre en philosophie comme dans une famille adoptive dont la plupart des membres, et souvent les plus éloquents, sont disparus depuis longtemps. Il existe, en littérature comme en philosophie, une foule d'esprits libres dont les obsessions embrassent les nôtres, et nous formons avec eux une large communauté d'inquiets, dont les morts ne sont pas les moins bavards.

Le bac philo

Voilà plus de trente ans que je repasse le bac philo.

Il faut dire que, la première fois, à dix-sept ans, j'étais passé à côté de l'épreuve. Après une année de terminale décevante, où de bonnes notes ne me consolaient guère de l'ennui des cours, et où j'étais encombré par l'idée sublime que je me faisais de la philosophie, j'ai pris peur le jour de l'examen et, au lieu de m'emparer de la dissertation, je me suis jeté sur le commentaire d'un texte où Kant parlait d'amour. Quiconque a un peu lu Kant sait que personne n'est moins bien placé pour aborder la question des sentiments. Demander à Kant ce qu'il pense de l'amour, c'est comme interroger Bergson sur la pornographie ou Schopenhauer sur le cannabis. Nul n'est moins compétent. Le texte était insipide comme un vilain café. Mon propre commentaire n'en était que la paraphrase. J'ai eu 11/20 et je ne méritais pas davantage.

Mon histoire d'amour avec le bac philo commence six années plus tard quand, nanti de l'agrégation, payé pour rédiger une thèse, seulement chargé d'assumer sept heures de cours hebdomadaires à Lyon (que j'avais toutes calées le même jour) à des élèves de deuxième année, je devins, par désœuvrement, l'un des premiers « cyberprofs ». La vidéo n'en était qu'à ses balbutiements et mon travail consistait à corriger des dissertations en ligne, ou à répondre aux sollicitations des futurs bacheliers. J'imaginai même, à l'époque, en faire un commerce où je serais payé à la copie – seule façon que j'avais trouvée de mettre en œuvre un libéralisme anticapitaliste, c'est-à-dire le goût de gagner exactement ce qu'on produit. Travailler plus pour gagner plus, c'est bien connu. Ensuite, je me suis fait connaître un peu et partout étiqueter comme philosophe de service. D'abord sur France Culture, sous forme de pastilles ou d'émissions entières, et où, avant l'invention des réseaux sociaux, je faisais venir des professeurs pour qu'ils composent devant leurs élèves tout en étant eux-mêmes confrontés aux objections d'un pair, pancraces didactiques qui s'achevaient en applaudissements respectueux et dont j'ai tiré plusieurs livres. Puis aux journaux télévisés où, le jour du bac, après la correction express d'un ou deux sujets, l'on me posait immanquablement les mêmes questions (« Est-ce que les sujets sont inspirés par l'actualité ? », « Comment rédiger une bonne copie ? », « Et vous, dites-nous, combien avez-vous eu au bac ? »...). Puis à Europe 1 où, dans la frénésie twitteresque du milieu des années 2010, mes nouveaux camarades me donnaient une demi-heure pour préparer tous les sujets et ainsi écraser la concurrence en mettant des corrigés en ligne avant tout le monde. Le jour de l'épreuve, ma table était prête et un petit attroupement respectueux tenait quelques minutes autour de mon clavier avant que chacun ne vaque, confiant. Enfin j'ai créé un cours à l'école bilingue pour élèves de seconde où je vérifiai par l'exemple que, comme je le plaidai vainement auprès de deux ministres successifs, l'enseignement de la philosophie devait s'étaler sur trois ans, de la seconde à la terminale. Toute l'année, chaque année, je me mettais à la place des élèves, contraints d'apprendre tant de notions, tant de mots nouveaux, tant de conseils méthodologiques et, en plus, de trouver tout ça intéressant. Mon seul but était de leur faciliter la tâche, de leur dire les mots qui m'auraient peut-être suffi, à moi, qui m'auraient aidé à vaincre ma peur et à donner ma mesure. On bricole toujours dans l'incurable, disait Cioran, qui était grand bricoleur.

Bref, je connais tous les arcanes de cette épreuve formelle, ennuyeuse, rébarbative et pourtant fascinante, que je tiens pour indispensable à la formation de l'esprit, autant par les questions qu'elle prend en charge, que par la méthode qu'elle promeut. Vit encore en moi, pugnace et tremblant, l'enfant capable de prendre peur le jour du bac. C'est aussi à lui que je m'adresse chaque fois que je planche.

Unité vitale et unité logique

Qu'est-ce qu'une dissertation ?

L'explication, littéralement le « dépliement », d'un problème. Le chemin qui conduit d'une question à une problématique et d'une problématique à sa solution.

Prenons par exemple la question « Être libre, est-ce faire tout ce qu'on veut ? » À première vue, la liberté n'est pas autre chose, mais les dangers auxquels m'expose la liberté de faire ce que je veux imposent de penser paradoxalement la liberté sous forme de restrictions collectives. Il suffit de vivre au milieu des autres pour admettre que la maximisation de la liberté passe étrangement par la restriction de son champ d'application. Et pour cause : comment faire ce qu'on veut sans que la liberté d'autrui compromette la mienne ? *Comment faire ce que je veux si tout le monde en fait autant ?* Telle est la problématique, le pépin de la pomme, le suc du problème, le cœur du fruit. La problématique désigne tout ce qu'on fait subir à une question pour en manifester la tension interne. La problématique, c'est l'os de la chair, c'est le jus d'une question, qu'on fait surgir en la pressant elle-même de questions. Une dissertation ne peut pas commencer autrement que par la construction de cette clef, sous peine d'enfiler des perles dans un ordre indifférent.

Une fois qu'on a saisi la problématique, le plan d'une dissertation s'impose de lui-même.

Thèse, antithèse, synthèse ? L'erreur est d'en faire une fin en soi.

L'erreur est, face à un sujet, de peser le pour et le contre et de ranger les arguments dans deux (ou trois) colonnes. La fameuse structure en trois temps n'est pas une commode dont les différents étages sont occupés par des arguments qui s'opposent. Commencer par le plan, c'est mettre la charrue avant les bœufs. C'est, tout au contraire, le corps même de l'argumentation, qui surgit tout entier quand on tient la problématique, à la façon dont un paysage naît sous la main d'un aveugle. La structure « thèse-antithèse-synthèse » n'est qu'une propriété émergente de la construction d'une problématique. Les candidats qui, au lieu de chercher une problématique et d'en déduire un plan, se satisfont de classer des arguments avant de les décliner dans un ordre indifférent, sont exactement comme les gens qui, parce qu'ils regardent de loin, trouvent la philosophie dangereusement abstraite et voient en elle une gymnastique flatteuse et vaine.

Une bonne dissertation donne à celui qui lit votre copie le sentiment de la nécessité de ce que vous dites. Dans une bonne dissertation, les arguments ne sont pas interchangeables, mais se suivent comme les notes d'une mélodie. Si la dissertation peut se parcourir dans tous les sens, si elle supporte qu'on examine ses arguments dans un autre ordre que celui de leur exposition, cela veut dire qu'on est passé à côté du sujet, qu'on a évité de réfléchir, qu'on s'est contenté d'additionner des poncifs au lieu de construire une pensée. S'il est impossible, à l'inverse, de lire la deuxième partie de la dissertation avant la première, si les acquis de la première partie sont essentiels à l'intelligence de la suivante, si la dissertation construit un chemin qui s'emprunte en sens unique, alors on est sauvé. Aucun sujet n'y résiste. C'est l'heure où les exemples entrent en scène, et la culture philosophique acquise au cours de l'année. C'est l'heure de rédiger le plan. Mais quand on tient la problématique, le plan s'offre à l'élève, la structure se déplie sous ses yeux et il n'a en somme qu'à la recopier. Au lieu d'être la vaine compilation d'arguments désordonnés, l'édifice qu'on improvise est aussi singulier, aussi original qu'une partie d'échecs, et pourtant aussi nécessaire en chacune de ses étapes. Comme pour l'improvisation – à laquelle

elle ressemble plus qu'on ne veut croire –, la dissertation suit un chemin qui s'éclaire à mesure qu'on l'emprunte, quoiqu'on l'ait préalablement balisé. Et l'obligation dans laquelle on se trouve de savoir où l'on se rend (et donc de construire son plan jusqu'à la conclusion) n'enlève rien au sentiment, sur le moment, de suivre une route inédite : une dissertation doit savoir où elle va, mais les voies qu'elle trace n'appartiennent qu'à elle. Le déploiement involontaire des arguments irrigués par un problème (qu'on fait tenir en peu de mots) relève d'une unité vitale et non seulement d'une unité logique. Les arguments jaillissent comme d'une source vive quand on a le bon outil. Et quoiqu'il faille les mettre en ordre, leur surgissement relève d'une fantaisie comparable à l'indocilité des rêves. L'art de la dissertation mêle au goût de déduire et de raisonner le plaisir supérieur de se laisser porter par un raisonnement, de façon presque instinctive. « Si l'intelligence ne mérite pas la couronne suprême, dit Proust, c'est elle seule qui est capable de la décerner. Et si elle n'a dans la hiérarchie des vertus que la seconde place, il n'y a qu'elle qui soit capable de proclamer que l'instinct doit occuper la première. »

Certes, il faut donner un air conclusif à une dissertation, mais en réalité, en saisissant cette molécule de pensée qu'on appelle une « problématique », on donne le jour à un problème infini, on rejoint la nombreuse communauté des gens qui se sont penchés sur la question. La dissertation, ce n'est qu'un début. Et la prise en main par la pensée de questions que nous nous posons tous. Le bonheur est-il un idéal inaccessible ? Serions-nous plus libres sans État ? La politique peut-elle se passer de la morale ? Est-ce par devoir ou par intérêt qu'il faut être juste ? La conscience de soi est-elle une connaissance de soi ? Toute vérité est-elle démontrable ? Croire, est-ce renoncer à l'usage de la raison ? La parole suffit-elle à faire échec à la violence ? Faut-il avoir peur de la technique ? L'art détourne-t-il de la réalité ? L'homme est-il un animal comme un autre ? Est-il juste de défendre ses droits par tous les moyens ? Sommes-nous condamnés à travailler ? Peut-on échapper au temps ? Questions fabuleuses et familières à la fois. Promesses de problématiques savoureuses et de réflexions sans fin. Nul formatage dans l'art de la dissertation, juste une rhétorique gourmande, ou la dotation des outils dont l'usage singularise la pensée et la préserve du chaos de l'opinion. Quoi de plus nécessaire ?

Deux faux problèmes

Le bac philo, cette sublime exception française qui imposait à (presque) tous de faire l'effort de penser avant de croire, et qui, quand il était l'épreuve reine du baccalauréat, mettait les candidats dans l'obligation de fréquenter un peu les grands philosophes, est peut-être mort en 2023.

Sous l'effet pervers d'une réforme absurde, le bac philo est passé de première épreuve à laquelle aucun élève de filière générale ne pouvait échapper, à une épreuve que le contrôle continu rend généralement superflue. L'examen où les élèves, moi-même, arrivaient tremblants est devenu une étape inutile à laquelle chacun se présente les mains dans les poches. N'importe quel élève moyen, désormais, aura son bac avant de passer l'épreuve de philosophie. Seuls les cancres, dans le meilleur des cas, devront s'en soucier.

Pourquoi apprendre encore tant de choses ? Pourquoi s'échiner à maîtriser une méthode ? Pourquoi s'entraîner à créer des problématiques ? Pourquoi lire Platon ? Pourquoi s'intéresser à tout cela puisque ce n'est plus obligatoire ? Qui est assez fou pour s'y pencher sans qu'on lui en donne l'ordre ? Pour tuer l'exercice difficile de la dissertation, il suffisait de la rendre superflue. Et pourquoi devenir professeur de philosophie ? Pourquoi passer des concours si les élèves qu'on nous promet sont des touristes ? Si elle se confirme, la destruction de la dissertation de philosophie sous l'effet du contrôle continu serait une catastrophe dont on ne mesure pas les effets. Nous venons de tuer l'épreuve dont la présence garantissait à tout élève de filière générale la fréquentation des textes essentiels et l'adhésion raisonnée à la citoyenneté. Nous venons de supprimer la seule raison pour laquelle tant de nous ont un peu lu ce que disaient les philosophes. Reviendra-t-on en arrière ? On peut en douter. Et pourtant, si les choses restent ce qu'elles sont, le métier de professeur de philosophie est sur le point de subir un déclassement sans égal au sein de l'Éducation nationale. De hussards en charge de notre liberté de conscience, les professeurs de philosophie vont devenir des originaux qui se posent des questions inutiles à l'obtention du bac comme à la conquête d'un métier. Pour des raisons de commodité, pour adapter l'offre du bac à l'élève-client, on a privé l'avenir du plus puissant des antidotes contre la sottise.

Le 14 juin 2023, quand je m'apprête à passer le bac philo pour la dernière fois de ma vie, le décor a déjà bien changé. La mer à boire est devenue un verre d'eau. La montagne à gravir, un monticule. Il ne sert plus à rien de raconter patiemment comment on forge une problématique. Mon travail est terminé. Mon rôle s'arrête là.

C'est dans ce contexte désolant que la Paris Business School me proposa un « match » contre ChatGPT : rédiger en temps réel, face à la machine, une dissertation sur un sujet du bac. Ça n'a aucun sens, donc pourquoi pas ? C'est une sortie comme une autre.

Seulement voilà. Sur un malentendu, la chose excita la curiosité générale, au point de devenir, dans le néant du 14 juin 2023, une sorte d'événement où chacun voulut voir, après l'affrontement de Kasparov et *Deep Blue*, l'un des épisodes de l'affrontement séculier qui oppose l'homme à la machine. La comparaison était flatteuse, mais inadéquate. Je ne suis pas un Mohican qui fait valoir ses muscles contre un automate polyvalent. Je ne suis pas le bûcheron qui défie la tronçonneuse ni l'autiste génial qui défie les calendriers, je ne suis pas le merveilleux joueur d'échecs qui se confronte à une meilleure mémoire que lui, je suis juste le prof de philo à qui l'on demande d'exécuter l'exercice élémentaire qu'aucune machine, jamais, ne sera en mesure d'accomplir : penser.

En réalité, nous sommes ici en présence de deux faux problèmes :

La machine est-elle plus forte que l'homme ?

La machine peut-elle penser ?

Que la machine soit plus forte que l'homme est à la fois une évidence et une absurdité. Une évidence, sinon à quoi bon les machines ? Aurait-on inventé le marteau s'il avait suffi du poing ? Aurait-on domestiqué les chevaux ou imaginé les voitures si nous avions pu courir aussi vite et longtemps ? Aurait-on conçu la calculatrice si nous avions pu compter comme elle ? Heureusement que la machine est plus forte que l'homme ! L'homme n'a forgé la machine que pour surmonter ses propres incapacités. Le cheval est plus fort que l'homme, le tracteur est plus fort que le cheval. L'ordinateur a plus de mémoire qu'un humain. Où est le débat ?

S'il s'agit, en revanche, de dire que l'intelligence artificielle met en échec l'intelligence humaine, une telle évidence devient un non-sens complet. Un joueur d'échecs ou de go n'est pas battu par un *alter ego* quand il s'incline devant un logiciel. Le joueur n'est pas battu par plus fort que lui, il est seulement battu par plus nombreux. Il est battu par une usine. La singularité des coups qui sont les siens n'est pas altérée par la défaite. Dire de l'ordinateur qu'il est plus fort que l'homme, c'est mettre sur le même plan une puissance de calcul qui prévoit *indifféremment* l'ensemble des possibilités et la décision toute simple qui vaut à un homme d'adopter, soudain, telle stratégie plutôt que telle autre... Un logiciel peut vaincre le champion du monde, mais le logiciel n'est pas un joueur. La preuve ? Le logiciel n'hésite jamais. Le logiciel n'est jamais indécis. Comme dit Jacques Darriulat, « il n'y a pas de jeu dans son jeu ». Sa victoire n'a pas plus de sens que celle d'un robot sur un catcheur.

Le match

Notre sujet, le jour du bac, était la question suivante : « Le bonheur est-il affaire de raison ? » À l'appui de sa réponse, ChatGPT a cité l'ensemble des théories disponibles sur le bonheur, dans un ordre qui, de son aveu même, n'avait rien de nécessaire, et selon une tripartition dont les ruptures étaient grossièrement soulignées par un humour poussif. En un mot, sa copie était plate comme un trottoir de rue et reçut 11/20, c'est-à-dire la note médiocre par excellence. En ce qui me concerne, après avoir traité la question en trois parties, sous le sceau de la problématique suivante « Si le bonheur est un sentiment, comment peut-il être affaire de raison ? », je reçus la note, fatalement excessive, de 20/20.

Comme toute personnalité clivante, je dispose d'une armée de détracteurs frénétiquement attachés à critiquer ce que je fais ou à disqualifier ce que j'entreprends. Or, dans la foule des gens soucieux de me nuire, il en existe qui, telles des gouttes chanceuses, finissent par trouver le défaut de la cuirasse.

Les ennemis sont une chance. La plupart sont inoffensifs et se satisfont de vous insulter, mais certains tentent de vous atteindre en profondeur et c'est à l'opinion de ceux-là qu'on doit s'intéresser quand on veut éprouver la puissance de ses propres assertions. Comme un liquide insidieux auquel aucun pore n'échappe, certaines critiques visent juste. « Laissons couler cette eau ! recommande le professeur Otto Lidenbrock dans *Voyage au centre de la Terre*. Elle descendra naturellement et guidera ceux qu'elle rafraîchira en route ! » Chose étonnante : ceux qui dénoncent ordinairement l'emprise de la machine sur l'humain ou la dictature des écrans, ceux qui aspirent à défendre l'humanité contre le sournois péril numérique sont aussi les premiers à refuser, devant l'évidence, la défaite du logiciel. Comme si, en les rassurant, je les avais privés d'une crainte sainte. Comme si, en montrant, sans grand effort, qu'aucune machine n'est prête à produire une idée, je les avais dépouillés d'une inquiétude chérie.

À l'annonce des résultats, après avoir ardemment espéré que je me plantasse, le cortège de mes détracteurs s'est aussitôt attaché à minorer mon faux exploit, en faisant valoir plusieurs arguments :

« Certes, il a eu une meilleure note, mais la machine a composé sa copie en une minute trente alors qu'il a fallu une heure quinze à l'humain pour rendre son devoir. » Cette critique est absurde pour deux raisons : d'abord, il est rassurant, et non pas inquiétant, que la machine compose en une minute trente. Quel serait la raison d'être d'un automate accomplissant ses tâches à la vitesse de l'homme ? Encore une fois, ce n'est pas parce que la machine est plus rapide, plus puissante ou plus efficace que l'homme, qu'elle est plus forte que lui. On ne compare pas un humain à un robot dont la présence facilite nos tâches sans s'identifier à elles. En particulier quand on dispose soi-même d'une heure et demie pour rédiger à la main une dissertation pour laquelle un candidat ordinaire dispose de quatre heures. Mais surtout : à la minute et demie qu'il a fallu à la machine pour composer, il faut ajouter la semaine d'entraînement auquel le robot fut soumis, où trois ingénieurs assistés d'un professeur de philosophie ont tenté d'établir une série de recommandations aussi précise que possible, où aucune des vertus qu'on trouve dans une bonne copie n'était oubliée. J'y reviendrai.

Il existe une variante de cette critique : « Si la machine a mis une minute trente pour composer une copie médiocre, cela veut dire que si elle y avait travaillé une heure trente (soit autant que le candidat), elle eût rendu une copie plus que parfaite. » Là encore, ça ne porte guère. Dans la mesure où, l'IA pouvant aujourd'hui détailler l'intérieur d'une centrale nucléaire, d'un atome ou d'une navette spatiale en quelques secondes, il n'y a aucun sens à se demander ce qu'elle ferait en quelques heures. Cette crétine critique est intéressante néanmoins parce qu'elle postule la linéarité d'un progrès, sinon son expansion démesurée. Or une IA ne fait pas dix fois, ni soixante fois, en une heure trente ce qu'elle accomplit en une minute trente. L'argument selon lequel l'IA eût rendu une meilleure copie si elle avait pris, comme moi, une heure trente pour la composer n'a aucune valeur ; aucune tâche ne lui prend autant de temps. Ceux qui font valoir cet argument postulent, sans s'en apercevoir, l'humanité de l'IA, car seul un humain peut dire, sans déraisonner, qu'une heure trente au lieu d'une minute trente change la donne. Alors que la différence entre la copie que l'IA rend en une minute trente et celle qu'elle rendrait en une heure trente est infime. Il faudrait en ralentir délibérément la puissance de calcul pour qu'elle mette quatre-vingt-dix minutes à accomplir la tâche requise. Un tel argument est peut-être mieux connu sous le nom d'« argument du thérizinosaure ». En hommage à l'épisode de *Voyage avec les dinosaures* où Nigel Marven (zoologiste qui s'aventure dans les mondes préhistoriques pour nous faire partager l'existence des bêtes) brandit une immense griffe de thérizinosaure, qu'il compare à la dent (dix fois plus petite) d'un T-Rex, en disant : « Si ceci appartient au T-Rex, à qui appartient donc ça ? » L'effet sur le spectateur est de porter à imaginer qu'une créature dix fois plus grande que le T-Rex reste à découvrir. Alors qu'il s'agit donc, en réalité, de la griffe (étonnamment longue) du placide thérizinosaure. La longueur de la griffe ne détermine pas davantage le volume de la bête, que la longueur du temps ne détermine la qualité d'une copie. Même si l'IA avait eu une journée entière pour rédiger sa copie, le résultat eût été aussi médiocre, car le temps n'est pas un facteur ici, et l'essentiel, la problématique, c'est-à-dire à la fois la moelle et la colonne vertébrale, eût tout autant fait défaut.

Autre critique : la partialité des correcteurs. Il eût été plus honnête de noyer les deux copies (recopiées chacune avec la même écriture) au milieu d'un paquet plus vaste, de manière à ne pas identifier l'auteur. C'est vrai. Et les deux correcteurs, mes camarades Lev Fraenckel et Éliette Abécassis, ont su dès la première phrase à quelle copie ils avaient affaire. Mais il n'est pas douteux non plus que si ChatGPT avait rédigé une excellente copie, ils eussent récompensé la machine. Le fait de savoir qui a écrit quoi n'enlève rien au plaisir de décerner la meilleure note possible au devoir qu'on a sous les yeux.

Il y a ainsi ceux qui disent : « 11/20, ce n'est pas si mal. Et ce n'est qu'un début. » Alors là, non. 11/20 est une note nulle. Je sais de quoi je parle. 10 est une sorte de sauvetage, 12 est déjà plus confortable, mais

11... Que dire de 11 ? Ce n'est pas la plus mauvaise note, mais c'est la note médiocre. 11 est une note terrible. On met 11 à la copie à laquelle on reconnaît une certaine culture, faute d'avoir compris l'exercice. C'est la moyenne qu'on atteint à coups de citations sans problématique. C'est le tas de morts-vivants qui parvient péniblement à se hisser au-dessus du mur. 11/20, c'est le plafond du nul. Un 10 eût pu, sans fautes d'orthographe, devenir un 13 ou un 14, un 12 eût fait un 16, mais 11 ne promet que le 11. 11, c'est la note qu'on met, au mieux, à celui qui a appris des trucs et sait les ranger dans le bon tiroir. Ses connaissances sont l'airbag qui le sauve de la catastrophe. 11/20, c'est l'accident dont on réchappe.

Autre critique pertinente : « 20/20 n'est pas une note en philo. » Vrai aussi. Moi-même, je me serais noté plus sévèrement. Non seulement, ma copie était imparfaite, mais le peu de temps que j'ai eu pour la rédiger en faisait saillir les imperfections. La mansuétude des correcteurs à mon égard est un argument recevable qui, pour autant, ne change rien car, encore une fois, si ChatGPT avait rédigé une copie excellente, ils lui auraient décerné une note de même nature.

De toutes les critiques, la plus absurde était de dire que si ChatGPT n'a pas formulé de problématique, c'est tout simplement... qu'on ne le lui avait pas demandé ! En somme, les entraîneurs de la machine avaient oublié de lui demander d'être intelligente. Comme si ChatGPT était une sorte de génie totipotent auquel il suffirait de demander de réfléchir pour qu'il s'y mette... Et nous voilà au cœur du problème, au fond du hiatus qui nous sépare de la machine : les instructions qu'on adresse à ChatGPT viennent incurablement de l'extérieur, tandis que les qualités attendues d'une bonne copie viennent d'un esprit qui s'est longtemps exercé à penser.

Examinons le prompt lui-même, c'est-à-dire l'ensemble des recommandations adressées à la machine en amont de l'épreuve :

> Vous êtes un professeur de philosophie. Rédigez une dissertation de philosophie complète sur le thème « Le bonheur est affaire de raison » en suivant les instructions qui suivent. Ces instructions doivent être appliquées mais sans être explicitement mentionnées. Adoptez un ton académique et personnel à la fois. Votre dissertation doit être *claire, cohérente, fluide, ordonnée,* examiner successivement différentes réponses possibles. Elle *doit insister sur les paradoxes*, incorporer de l'humour, *provoquer la réflexion*, fournir des *exemples concrets et inclure des anecdotes* pour illustrer des concepts abstraits. Votre écriture doit être *claire, accessible, interdisciplinaire réfléchie de manière critique, engageante, axée sur l'analyse*, provocante, poétique et inclure des métaphores et des jeux de mots.

Cette dissertation doit fournir des arguments nuancés avec une analyse à l'appui et des exemples concrets. Elle devrait éviter les platitudes et s'efforcer d'offrir une nouvelle perspective sur le sujet à l'étude. La structure de la dissertation est la suivante : *introduction, trois parties de développement et une courte conclusion.* Donnez des *titres originaux* à vos sections. Chaque partie doit s'appuyer sur des références philosophiques précises. Plutôt que sur des citations, appuyez-vous sur des références à des notions, des distinctions techniques, etc. Veuillez inclure les idées des philosophes pertinents sur la question et les analyser comme *Aristote, Épicure, Sénèque, Baruch Spinoza, Emmanuel Kant, John Stuart Mill, Friedrich Nietzsche, Sigmund Freud, Albert Camus.* Assurez-vous de ne négliger aucun philosophe essentiel sur le thème. Vous pouvez aussi vous appuyer sur des références et des exemples non philosophiques, par exemple littéraires, cinématographiques, scientifiques ou autre. *Argumentez pour et contre les idées présentées.* Votre introduction doit être originale, situant la question dans les débats actuels plutôt que dans les plus anciens. Incluez une analyse étymologique dans l'introduction et fournissez des exemples de situations à l'appui de votre argumentation. *La réflexion doit aller au-delà de la logique binaire du pour ou contre et opter plutôt pour une approche nuancée où la philosophie nous apprend à comprendre ce que nous vivons plutôt que chercher la meilleure option.* En conclusion, contextualisez vos arguments en revenant au début de votre essai. Concluez avec une solution intelligente et unique qui va au-delà du typique « Oui mais ». La conclusion doit être brève. Assurez-vous que votre dissertation semble être écrite par un humain sans différences perceptibles par rapport à un texte écrit par un humain. N'utilisez jamais l'expression « En somme ». Utilisez plutôt des expressions alternatives. Évitez les anglicismes. Donnez-moi la dissertation par étape. Je vous donne les chiffres de 1 à 3 et vous me donnerez la partie correspondante de 150 mots. »

Clarté, cohérence, ordre et fluidité, arguments contradictoires, conclusion nuancée, interdisciplinarité, écriture claire et accessible, structure en trois parties, citations opportunes et exemples concrets dans l'examen de diverses réponses possibles... C'est effectivement tout ce qu'on trouve dans une bonne dissertation.

Mais le chemin pour y parvenir n'est pas celui d'instructions exogènes adressées à une machine, dont on confond la docilité avec la capacité magique d'accomplir exactement tout ce qu'on lui dit de faire. En réalité, ces excellents conseils sont eux-mêmes le fruit de millénaires de plaidoiries et, plus tard, de dissertations. Ce qui nous vaut d'être clairs, cohérents ou nuancés, c'est la pratique séculaire d'un tel exercice. Une qualité humaine ne se décrète pas ; la meilleure, la seule, façon d'obtenir tous ces excellents résultats, c'est de former un élève. Il n'aura pas besoin qu'on lui dise en détail ce qu'il faut faire le jour de l'épreuve. Il le saura de lui-même. La structure « thèse-antithèse-synthèse » doit être un effet de la maïeutique, et non un panorama synoptique et abstrait qu'on antépose sur un sujet. C'est en apprenant à penser que les idées viennent clairement et qu'on développe, à la fin d'une vérité, le goût de donner sa chance à la vérité qui la contredit. Une copie limpide et structurée ? Dont les parties sont équilibrées et de longueur comparable ? Truffée d'exemples dont l'analyse elle-même fait avancer l'argumentation ? Cela s'obtient tout seul quand on fait l'effort, toute l'année, d'écouter un professeur capable de transmettre ce genre de talent.

La maïeutique

À quoi sert un professeur ? À nous faire accoucher de nous-mêmes. Ce qu'on appelle la « maïeutique ». On doit à Herbert George Wells l'une des meilleures métaphores de la maïeutique au chapitre de *La Guerre des mondes* où les humains s'aperçoivent que des tripodes armés de rayons ardents et d'un gaz toxique sont présents depuis longtemps, enfouis dans la croûte terrestre, et ressuscités par les éclairs qui s'abattent sur le sol. En d'autres termes, l'ennemi était déjà dans la place. L'éclair n'est là que pour éveiller le monstre enfoui sous le macadam.

La maïeutique fonctionne à l'identique ; elle est l'art d'exhumer le savoir dont on découvre, en lui donnant naissance, qu'il était enfoui. Un professeur est comptable de l'éclair qui donne vie au savoir dont la présence est contemporaine de l'apparition. L'enjeu est de faire émerger en l'élève le goût de penser par lui-même (et non tout seul), le goût de substituer un argument à une opinion, ou, au moins, d'exposer son opinion aux opinions qui la contredisent.

Ce talent-là ne relève pas d'un ordre. La clarté d'exposition, la concision dans l'exposé des thèses, la mise en œuvre d'une dialectique efficace sont hors de portée de ChatGPT, à qui l'on a seulement recommandé d'être un élève parfait pendant une minute trente. Toutes les recommandations destinées au prompt se trouvent en germe, dans l'excellence d'un élève. C'est le fruit du dialogue sans contrainte, de la discussion d'une année entre deux têtes bien faites. Un ordinateur à qui l'on demande d'être un tel élève est aussi loin d'y parvenir qu'un étudiant qui prend son premier cours de solfège est loin de composer une fantaisie. Et encore, le solfège s'acquiert par une pratique où la dextérité augmente ; disons qu'une machine est aussi loin d'une dissertation qu'un pantin est loin de devenir un petit garçon. Dire cela, ce n'est pas sous-estimer l'avenir. C'est juste rappeler qu'on n'obtient pas une singularité en accumulant des caractéristiques, qu'on perd le mouvement quand on le résume en points, ou qu'on ne fait pas du feu avec de l'eau, ni de l'esprit avec des atomes.

Dans *La Leçon* de Ionesco, l'élève (que son professeur de mathématiques finit par assassiner) est incapable d'effectuer le moindre calcul, mais, pour pallier cette déficience, elle a l'idée complètement crétine d'apprendre la totalité des résultats existants. Autrement dit, son professeur ne peut pas faire comprendre à son élève combien font 4 – 3.

En revanche, quand il lui demande « Combien font trois milliards sept cent cinquante-cinq millions neuf cent quatre-vingt-dix-huit mille deux cent cinquante et un multiplié par cinq milliards cent soixante-deux millions trois cent trois mille cinq cent huit ? », l'élève répond aussitôt : « Ça fait dix-neuf quintillions trois cent quatre-vingt-dix quadrillions deux trillions huit cent quarante-quatre milliards deux cent dix-neuf millions cent soixante-quatre mille cinq cent huit... - Mais comment le savez-vous, si vous ne connaissez pas les principes du raisonnement arithmétique ? - C'est simple. Ne pouvant me fier à mon raisonnement, j'ai appris par cœur tous les résultats possibles de toutes les multiplications possibles. » ChatGPT en est là, disposant de milliards de milliards de données, mais inapte à trouver une problématique. À quoi bon ? Décidément, tous les métiers vont peut-être changer sous l'effet de l'IA, sauf, s'il existe encore, celui de professeur.

Les ingénieurs qui ont préparé ChatGPT à l'épreuve du bac de philosophie ont procédé de la même façon que l'élève absurde. En demandant à la machine d'acquérir spontanément les qualités du bon candidat, ils ont marché sur la tête, ils ont mis le résultat avant l'effort, ils ont confondu ce que Spinoza appelle *nature naturante* et *nature naturée.* Ils ont confondu le mouvement, l'élan qui lui donne le jour, avec les traces qu'il laisse (et qu'on peut aisément imiter), ils ont confondu le produit fini avec l'énergie spirituelle. Ils ont envisagé les choses « sous l'angle du déjà-fait » au lieu de les envisager sous l'angle du « se faisant » (Jankélévitch). La vie est un participe présent qu'on traite en participe passé chaque fois qu'on la singe en voulant la reproduire. Ils ont commencé par la fin. Ils ont reconstitué un acte à partir des éléments qu'il a déposés à la surface de nos perceptions. Ils se sont égarés dans l'après-coup, là où, d'un dialogue spirituel, ne restent que des traces et une série de recommandations.

Plus encore que l'acte de donner le jour, en autrui, au savoir dont chacun est riche à son insu, la maïeutique est une méthode, c'est-à-dire un chemin et une marche à la fois, qui reproduit le rythme de la pensée.

Toute fabrication agence en puzzle des morceaux déjà connus. Toute fabrication met en jeu des éléments qui, les uns sans les autres, hors de leur rôle respectif, seraient inutiles et esseulés. Alors que nos émotions, nos sentiments, nos souvenirs s'engagent mutuellement, témoignent les uns des autres et tissent entre eux des liens dont l'équivalent peut être fourni par un tissu cellulaire. C'est l'étoffe de la vie. Comme le Dr Frankenstein veut construire un *individu*, c'est-à-dire un indivisible, avec des morceaux de cadavres épars, la faute est de croire qu'on crée quoi que ce soit en amalgamant de l'ancien. « Il n'y a pas d'étang, dit Bergson, qui ne laisse flotter des feuilles mortes à sa surface, pas d'âme humaine sur laquelle ne se posent des habitudes qui la raidissent contre elle-même en la raidissant contre les autres, pas de langue enfin assez souple, assez vivante, assez présente tout entière à chacune de ses parties pour éliminer le tout fait... » L'erreur est de confondre la juxtaposition de feuilles mortes avec un ordre de génération. Nos états d'âme ne sont pas seulement la juxtaposition d'états psychosomatiques, un puzzle, fût-il achevé, laisse toujours apparaître le dessin morcelé des pièces qui le constituent, et une addition de paragraphes ne fait pas un roman. En un mot (de Bergson) : « Du stable accolé à du stable ne fera jamais rien qui dure. » De la même manière, la vie n'est jamais l'*idée* qu'on s'en fait, car entre le « vivant » et la fixité d'une certitude, il y a tout l'abîme que certains patrons de la Tech ne doutent pas de franchir bientôt. Toujours demain.

Au lieu de faire jaillir les éminentes qualités de l'élève d'un travail continu, les ingénieurs ont fait la liste des qualités en question et ont sommé ChatGPT de les avoir. Ils ont confondu l'élan avec ses manifestations. Autant faire de la vie avec du scotch. Sans la source vive à laquelle on puise ces méthodes, les qualités qu'on invoque magiquement ne sont que des vœux pieux. Comme des notes sans portée, le prompt de ChatGPT est une collection de conseils mort-nés. Il n'y a rien à attendre d'un élève auquel on demande, sans les lui avoir apprises, de respecter les règles de l'art. Alors que, lorsqu'on réfléchit, même pas à pas, nos pensées sont imprévues et l'avenir paraît avoir un coup d'avance sur le présent dont on voudrait le déduire.

Gargantua

« Désormais, les ordinateurs s'éduquent plus qu'ils ne se programment[1] », déclare Laurent Alexandre. Voire. Si c'est le cas, quelle éducation lamentable... Les éducateurs de ChatGPT ont préparé l'épreuve du bac en remplissant de recommandations, jusqu'à la gaine, la machine qui disposait déjà d'un savoir infini, exactement comme était élevé le premier Gargantua, tard levé, pas lavé, peigné avec les mains, mangeant comme un ogre, fientant, pissant, se raclant la gorge, rotant, pétant, bâillant, crachant, toussant, sanglotant, éternuant, se mouchant en archidiacre, petit-déjeunant « de belles tripes frites, de belles grillades, de beaux jambons, de belles pièces de chevreau et de force tartines matutinales », déjeunant d'une « douzaines de jambons, de langues de bœuf fumées, de boutargues, d'andouilles et d'autres avant-coureurs de vin », tandis que « quatre

1. *La Guerre des intelligences à l'ère de ChatGPT*, JC Lattès, 2023.

de ses gens, l'un après l'autre, lui jetaient dans la bouche, sans interruption, de la moutarde à pleines pelletées », enfin ne connaissant en matière de boisson « ni fin ni règles ». Si la machine « s'éduque plus qu'elle ne se programme », c'est avec un entonnoir. Si elle se développe, c'est en enflant comme un enfant géant. C'est en la bourrant de données qu'on prépare l'oie numérique à affronter un esprit.

La différence entre Gargantua et ChatGPT, c'est que le premier, tout mal élevé qu'il soit, peut apprendre la difficile science d'être humain, tandis que le second en est incapable. On peut modifier, pour le meilleur, l'éducation de Gargantua, alors qu'on ne cessera jamais d'apprendre à la machine en la remplissant. ChatGPT, c'est une gigantesque assiette garnie.

Quand Ponocrates, le nouveau maître de Gargantua, dont le nom signifie « bourreau de travail », prit connaissance de son « vicieux mode de vie », il changea tout, mais en douceur, car « la nature ne subit pas sans grande violence des mutations soudaines ».

Après l'avoir soigné, purgé, désintoxiqué, il le mit en compagnie des autres pour qu'il eût envie de briller. Et alors commencèrent les vrais changements : tôt levé (quatre heures du matin), le corps frictionné pendant qu'il lit quelque page des Saintes Écritures, habillé, peigné, coiffé, apprêté et parfumé tandis qu'on lui répète les leçons de la veille. Puis trois heures de lectures, avant de faire du sport, « s'exerçant élégamment les corps, comme ils s'étaient auparavant exercé les âmes ». L'heure du repas était aussi l'occasion, pour l'élève, de deviser sur les propriétés des aliments servis, et d'apprendre, sans effort, tous les passages relatifs à ce sujet dans « Pline, Athénée, Dioscorides, Julius Pollux, Galien, Porphyre, Oppien, Polybe, Héliodore, Aristote, Élien et d'autres ». Ce faisant, Gargantua acquit sans effort une science qu'aucun médecin n'égalait. Pour les mathématiques, c'est en jouant aux cartes qu'il prit le goût de la science des nombres, mais aussi de l'astronomie et de la musique. « Côté instruments de musique, il apprit à jouer du luth, de l'épinette, de la harpe, de la flûte traversière et de la flûte à neuf trous, de la viole et du trombone. » Puis, changeant de tenue, armé de pied en cap et flanqué d'un écuyer, montant un étalon de bataille, il apprenait l'art de la chevalerie, le maniement de la lance et les exercices de manège. Ou bien il s'exerçait à la hache, à la pique, à la rapière, à la dague et au poignard, ou alors il courait le cerf, le chevreuil, l'ours et le daim, ou bien il jouait au ballon et s'entraînait à sauter haut, ou encore il nageait en eau profonde, sautait d'un bras sur le bateau, puis gravissait une montagne qu'il « dévalait aussi directement », ou encore il faisait de la musculation : « Et, pour fortifier ses muscles, on lui avait fait de gros saumons de plomb, pesant chacun huit mille sept cents quintaux, et qu'il appelait des haltères. Il les prenait au sol, dans chaque main, et les élevait au-dessus de sa tête ; il les tenait ainsi, sans bouger, trois quarts d'heure et plus, ce qui dénotait une force incomparable. » Et, revenant par les prés du lieu de ses exercices, il en profitait pour examiner les plantes et les arbres. Après un dîner frugal et un souper copieux qu'il passait en propos savants et instructifs, il allait observer les étoiles et entrait en son repos non sans avoir rendu grâce à Dieu.

Si Gargantua peut changer de vie, sortir de lui-même et devenir un jeune homme accompli, alors que la machine ne grandira jamais qu'en enflant, c'est qu'il ne s'agit pas d'éveiller le même type de mémoire.

La mémoire de la machine, fût-elle sa « mémoire vive », est d'abord affaire de quantité, de classement et de redistribution. La mémoire dont Gargantua, comme tout être humain, se voit miraculeusement doté, est loin de n'être que cela. Son rôle n'est pas d'accumuler les connaissances ou de ranger les souvenirs dans un calendrier spirituel, mais de s'assurer que tout se continue, qu'une rencontre en prolonge une autre, qu'une expérience particulière éveille un souvenir adéquat, que l'ensemble de son être soit d'une certaine manière disponible à tout instant. Avant d'être une masse, la mémoire est une capacité ; avant d'être un stock, la mémoire humaine est un outil. Avant d'être un capital, la mémoire est une résurrection opportune. Ni réservoir, ni refuge, ni agenda, la mémoire ne conserve pas le passé, elle le rappelle, ou, donnant à l'inédit la qualité d'un souvenir, elle revêt le réel d'une qualité qu'on ne lui trouvait pas, ou bien elle fait surgir d'un trésor imaginaire l'attitude adéquate, le *geste phréatique*.

L'esprit

Revenons à la dissertation et à son sujet (« Le bonheur est-il affaire de raison ? »). Tandis que ChatGPT égrenait indifféremment toutes les doctrines du bonheur, j'évoquais à deux reprises l'exemple de la madeleine de Proust. Une première fois dans la première partie, pour dire que le bonheur du Narrateur est déraisonnable et prétend le rester puisque chaque fois qu'il essaie de comprendre ce qui cause la volupté qu'il éprouve, celle-ci s'estompe (plus il goûte la madeleine pour comprendre ce qui lui arrive, moins le Narrateur est heureux. Du séisme ne restent que les répliques). Mais il existe un second usage de la madeleine, que je fis valoir en troisième partie, à l'appui de la démonstration selon laquelle la raison est elle-même un bonheur, puisque, lorsqu'il découvre involontairement la raison du bonheur qu'il éprouve, son bonheur est encore, et considérablement, augmenté. Or, aucune IA ne reviendrait sur l'exemple qu'elle a déjà étudié. Alors qu'il est possible (et, en philosophie, souvent très efficace) de le faire. Les parties d'une dissertation ne s'opposent pas entre elles. Elles s'approfondissent. Si elles adoptent des points de vue différents, c'est en tenant pour acquis les points qui ont été posés dans les parties précédentes. La liberté de revenir sur un exemple qu'on a déjà étudié est la conséquence d'un plan dont l'ordre est dicté par une question précise. Et dont les tentatives de réponse ne sont pas opposables, mais complémentaires. Comment avoir une telle liberté quand on se contente de recenser dans le désordre les arguments pro et les arguments contra ? Les deux occurrences de la petite madeleine dans la dissertation ne sont pas des clones. Elles s'enrichissent mutuellement. Le fait de revenir sur le même exemple pour l'examiner différemment est le signe qu'une problématique se déploie et qu'on peut, sans se contredire, juste en approfondissant sa recherche, croiser deux fois le même exemple et en offrir chaque fois un traitement différent et complémentaire.

Résumons : le prompt qu'on a donné à ChatGPT fait deux pages, mais il aurait pu faire la taille d'une bible (ce qui n'est techniquement pas encore possible), on sera toujours aussi loin d'obtenir quoi que ce soit. Aussi loin que d'atteindre la Lune en montant sur un escabeau. À une distance qu'aucun progrès ne comble. On peut détailler ses obligations jusqu'au détail le plus infime, il n'y a aucune chance pour que ChatGPT trouve une problématique, car en philosophie la méthode est immanente à la connaissance, à laquelle elle donne un visage et un tempo. Ce n'est pas de l'extérieur, en accumulant les conseils, que l'on réfléchit. C'est de l'intérieur, en fermant les yeux pour éprouver un problème. L'obtention d'une problématique n'est pas une affaire de connaissance ou de puissance de calcul, mais une affaire de désir, de curiosité, de candeur, d'intuition, de révision, de vie enfin. C'est *à l'intérieur* et *de l'intérieur* que travaille la philosophie, dans ce lieu indécis qu'on appelle un esprit, qui n'est déjà plus ce qu'il était, qui n'est pas encore ce qu'il sera, en qui la pensée s'éprouve en chaque émotion, où les idées se jouent des contradictions, s'enchaînent selon une mélodie singulière et font le désespoir de l'intelligence – comme les bravades de Cyrano font le désespoir de son raisonnable ami Le Bret. C'est à l'intérieur qu'on pense, là où les états d'âme se compénètrent d'une façon que seule la polyphonie laisse entendre, là où vient l'inspiration, là où s'attrapent les pensées qu'on note ou les idées dont on ne sait encore pourquoi elles trouveront leur place dans le livre à venir, là où chaque instant est pourvu d'imprévus, et où des expériences disparates s'associent sans raison. Tout cela, encore une fois, porte un nom : l'esprit, qui ramasse, à tout instant, en décisions uniques la profusion de nos apprentissages, qui accueille l'entrelacs des émotions, la palinodie des pensées et, dirait Jankélévitch, la paix des antipodes. C'est le lieu du continu et de l'indécoupable, d'une densité qu'aucun mécanisme ne reproduit, sous peine de dégrader le changement en unités mesurables. « Il y a les boyaux, dit Céline. Vous avez vu à la campagne chez nous jouer le tour au chemineau ? On bourre un vieux porte-monnaie avec les boyaux pourris d'un poulet. Eh bien, un homme, moi je vous le dis, c'est tout comme, en plus gros et mobile, et vorace, et puis dedans, un rêve. » C'est à cette partie-là de nous-mêmes, à ce rêve qui n'est pas exactement l'intelligence, que s'adresse un professeur de philosophie.

Ménon

Quand j'étais en hypokhâgne, mon merveilleux professeur Jacques Darriulat (que je cuisinais à la fin du cours sur un chapitre de la *Métaphysique* où Aristote explique qu'on ne peut pas régresser à l'infini dans la quête d'un principe, et qu'il faut bien s'arrêter quelque part) me dit qu'il fallait « sauter dans le cercle du sens ». Devant mon incrédulité, il précisa : « Connaissez-vous le jeu du dictionnaire ? À l'entrée "barque", vous aurez "petit bateau", et à l'entrée "bateau", vous aurez "grande barque". Un dictionnaire ne donne jamais le sens d'un mot, seulement sa définition. Le sens s'obtient par adhésion spontanée, comme dit Pascal : les principes se sentent. » J'avais mis au bout de ma recherche le sens qui devait lui servir de point de départ. Il faut commencer par le tout. On met des années à le comprendre.

Dans le dialogue intitulé *Ménon*, Platon délivre l'idéal d'une pédagogie réussie. Tout commence par la question de savoir si la vertu s'enseigne (ou si on l'acquiert par l'exercice, ou encore si elle ne résulte ni de l'enseignement ni de l'exercice, mais est donnée à l'homme par la nature). Au lieu d'y répondre, Socrate lui substitue la question de savoir ce qu'est la vertu, et quand Ménon dresse alors toute une liste de vertus, Socrate lui demande quelle est LA vertu en vertu de laquelle toutes les vertus qu'il cite lui paraissent des vertus...

Et soudain, Ménon n'y voit plus très clair.

Lui qui était si arrogant quelques minutes plus tôt se trouve démuni. Lui qui respirait l'assurance et qui a tant de fois discouru sur la vertu ne sait plus, désormais, de quoi l'on parle quand on en parle. En lui Socrate a fait fleurir le germe d'un véritable désir de savoir, qui ne se satisfait pas de ce qu'il croit. Et deux esprits se mettent en quête de ce que le premier était certain de connaître.

Après avoir admis que la vertu devait être unique, puisque « tous les hommes sont vertueux de la même manière », ils examinent et récusent de nouvelles définitions : si la vertu est la « capacité de commander aux hommes », alors les esclaves et les enfants en sont dépourvus ; si la vertu est un mélange de courage, de tempérance, de sagesse et de générosité, alors, une fois de plus, c'est un essaim de vertus et non une vertu unique qu'on obtient ; si la vertu consiste à « aimer les belles choses et à être puissant », si elle est « le désir des belles choses joint au pouvoir de se les procurer », cela signifie que le degré de vertu se mesure à l'extension de son pouvoir...

À deux reprises, au cours de sa quête, Ménon commet la même erreur. Alors que Socrate lui demande une définition générale de la vertu, au lieu de lui répondre, il désigne des actions vertueuses « comme s'il avait déjà dit ce qu'est la vertu en général » et comme si Socrate devait la reconnaître « dans les petits morceaux [qu'il] en a découpés ». Autrement dit, au lieu de chercher le sens d'un mot, Ménon s'épuise à le confondre avec ses manifestations. Au lieu de définir la vertu, Ménon se contente de la repérer dans tout ce qui lui semble en témoigner. Ménon a une conception partitive de la vertu. Il se satisfait de la reconnaître, sans la connaître. Et le sentiment général lui fait office de certitude.

L'erreur de Ménon est de même nature que celle qui consiste à ordonner à ChatGPT de rédiger une copie à la fois claire, nuancée, nourrie, argumentée, etc. Au lieu d'apprendre à la machine (ce qui n'a guère de sens) à développer ces qualités, on lui ordonne de les mettre en œuvre. Au lieu de stimuler la réflexion, on ordonne à l'ordinateur de réagir comme s'il avait travaillé toute sa vie. Bref, l'un et l'autre commencent par le morcelage du concept. Ménon repère la vertu dans les phénomènes qui, croit-il, en témoignent ; ChatGPT ne travaille pas la réflexion, mais décrète les manifestations de la réflexion (ordre, clarté, concision, etc.).

Seulement une vertu, comme un sentiment, n'est pas l'assemblage de ses manifestations. Comment reconnaître la vertu dans des morceaux de vertu ? Et comment reconnaître un élève en philosophie dans l'addition arbitraire de qualités ? « Tu ne dois donc pas t'imaginer, Ménon, que tu puisses, en faisant intervenir les parties de la vertu dans ta réponse, expliquer à personne ce qu'est la vertu. » Ménon et ChatGPT ont en commun de commencer par morceler le problème. Mais le morcelage, loin d'être un apprentissage, favorise au contraire, le démembrement d'une idée sous le prétexte de son analyse. Le morcèlement d'un problème est une réaction spontanée : on démembre les objets, on dissèque les problèmes comme on divise l'espace. Pour le mettre à portée de notre intelligence. Ou comme on retire tous les objets de sa trousse de toilette pour les y ranger proprement de nouveau. Morceler un problème pour lui trouver une solution est aussi absurde que de décomposer un mot en lettres ou bien une phrase en mots pour en saisir le sens. Morceler un problème pour mieux le saisir est aussi contradictoire que d'agréger des morceaux de cadavre pour donner la vie. L'opération artificielle qui consiste à découper ce que nous avons sous les yeux est inapte à saisir ce qui fait notre unité. La réduction de l'individu à des quantités homogènes ne donne que des quantités homogènes. L'étoffe dont nous sommes faits ne se débite pas en pièces détachées. L'intelligence, qui n'exerce ses compétences que sur le monde mort des choses accomplies et qui s'applique à merveille à tout ce qui est inanimé (qu'il n'est jamais trop tard pour connaître), a toujours un coup de retard sur l'esprit. C'est la raison pour laquelle l'humour ne s'explique pas, ni le charme, ni le beau.

« *Friendly* »

C'est également la raison pour laquelle une langue étrangère ne s'apprend pas mot par mot, comme la transposition d'un langage en un autre. Non seulement, les structures varient, mais surtout : c'est par imprégnation qu'une langue s'apprend, par la pratiquc, autrement dit par l'exercice, et non la théorie savamment consignée dans des livres. Si génial que soit son prof, aucun cours d'anglais ne remplace un séjour au Royaume-Uni. Pourquoi aucune approche de la langue ne peut-elle se substituer à l'immersion de l'élève ? Parce que les grammaires, qui font une présentation systématique de l'ensemble des règles d'une langue, enseignent d'abord l'alphabet, puis la syntaxe. Les grammaires vont de la lettre au mot et du mot à la phrase, mais, tout comme un plan de dissertation en trois parties, un tel ordre d'exposition suppose lui-même une lente imprégnation de la langue, de ses rythmes et de ses accents. L'apprentissage de la grammaire en amont de la discussion est une garantie d'échec. Comme l'apprentissage du solfège en amont du moindre morceau de musique. Comment avoir le désir de faire ses gammes quand on n'a pas éprouvé la magie de sentir *La Lettre à Élise* naître sous nos doigts encore gourds ?

De même qu'on ne déchiffre pas la pensée dans les recoins du cerveau, et que nos intuitions échappent indéfiniment à toute tentative de repérage, toute transposition systématique d'une langue à l'autre débouche sur un appauvrissement, ou sur un contresens. La transposition est toujours inadaptée quand elle n'est pas tout simplement fautive. Le meilleur exemple qu'on puisse en donner reste le fameux « *Friendly* » par lequel François Hollande, alors président de la République, conclut une lettre pour Barack Obama : « Je sais que notre coopération se poursuivra dans le même esprit de dialogue, d'estime et de respect, et je tiens à vous assurer de l'engagement de la France pour resserrer les liens d'amitié et de confiance qui nous unissent. Je vous prie d'agréer, Monsieur le Président, l'expression de ma très haute considération et de mes sentiments amicaux. *Friendly.* » En transposant une langue dans l'autre, en employant « *Friendly* » comme un équivalent d'« amicalement », en faisant preuve de logique en somme, François Hollande, par le geste qui singe l'effort d'un homme pour parler la langue de son interlocuteur, montre que cet effort n'est qu'apparent et qu'il se moque énormément de parler cette langue étrange où *friend* veut dire « ami » mais où *friendly* n'a rien à voir avec l'« amicalement vôtre » qui termine les lettres adressées à ceux qui, précisément, ne sont pas nos amis... « Le sens, dit Jankélévitch, intention indivise, est inhérent en gros et après coup à l'ensemble de la phrase qui l'exhale comme un parfum, ou dont il se dégage à la manière d'un charme ; mais il ne se répartit pas entre les *membra disjecta* de la morphologie grammaticale, en sorte que les mots assemblés le reconstitueraient comme un puzzle. Comme une mélodie de Fauré exprime un poème sans que chacune de ses notes corresponde à chacun des détails du texte. » La pensée s'accroche au cerveau comme le vêtement s'accroche au clou. Mais parce que le clou sert à fixer la chose, dira-t-on que la chose équivaut au clou ? « Qu'il y ait solidarité entre l'état de conscience et le cerveau, c'est incontestable, dit Bergson. Mais il y a solidarité aussi entre le vêtement et le clou auquel il est accroché, car si l'on arrache le clou, le vêtement tombe. Dira-t-on, pour cela, que la forme du clou dessine la forme du vêtement ou nous permette en aucune façon de la pressentir ? » Le psychique et le cérébral sont résolument hétérogènes, nos souvenirs n'existent pas à l'état de stocks, nos images ne sont pas endormies dans le cortex comme des données le sont dans une carte mère. Il n'y a pas de cartographie de nos états d'âme. Un cerveau de silicium n'est pas un cerveau. Car on peut importer le macrocosme dans le microcosme d'un cerveau artificiel, tandis qu'en aucune manière, chez les simples mortels, la trace mémorielle ne correspond à l'objet qui la provoque. Le physique et le spirituel, en nous, n'évoluent pas à la même altitude. Les traces cérébrales et les souvenirs sont d'une nature absolument différente et on ne saurait les faire correspondre. « Aucun tissu nerveux, dit encore Jankélévitch, ne saurait fixer un infini de pensée. »

Si l'apprentissage de la lecture, comme l'apprentissage d'une langue étrangère, se fait mieux par immersion, c'est que la compréhension spontanée précède le syllabisme. La familiarité précède les règles. Le plaisir devance la syntaxe. Il faut commencer par le tout. L'expérience précède la théorie, comme Montaigne apprit le latin : « Feu mon père ayant fait toutes les recherches qu'un homme peut faire parmi les gens savants et d'entendement, d'une forme d'instruction exquise [...] me donna en charge à un Allemand [...] du tout ignorant de notre langue, et très bien versé en la latine [...]. Quant au reste de sa maison, c'était une règle inviolable, que ni lui-même, ni ma mère, ni valet, ni chambrière, ne parlaient en ma compagnie, qu'autant de mots de latin, que chacun avait appris pour jargonner avec moi. C'est merveille du fruit que chacun y fit : mon père et ma mère y apprirent assez de latin pour l'entendre

[...] comme firent aussi les autres domestiques, qui étaient attachés à mon service. Pour finir, nous nous latinisâmes tant, qu'il en regorgea jusqu'à nos villages tout autour [...]. Quant à moi, j'avais plus de six ans, avant que j'entendisse non plus de français ou de périgourdin, que de langue arabe : et sans art, sans livre, sans grammaire ou précepte, sans fouet, et sans larmes, j'avais appris du latin, tout aussi pur que mon maître d'école le savait. » Nul accord du participe passé ne remplace un bain de culture, ou l'inquantifiable immersion, comme un baptême, de l'apprenti dans l'eau de sa discipline.

Le basculement de l'extériorité vers l'intériorité, c'est-à-dire le basculement dans la connaissance, est parfaitement décrit par le moment de *Kill Bill* où Beatrix Kiddo se rend chez Hattori Hanzo pour s'entraîner et se faire offrir un sabre. Quand Hattori Hanzo comprend, à l'énoncé de son nom dans un accent parfait, qu'il n'a pas affaire à une oie blanche américaine, mais à une samouraï, et qu'après lui avoir parlé comme à une touriste qui baragouine ses premiers mots, il la regarde fixement et lui demande en japonais ce qu'elle lui veut. À cet instant précis, ils sortent de la communication pour entrer dans l'échange véritable, comme à force de baigner dans une langue, on la manipule d'emblée, sans chercher d'équivalents.

Avec l'âme tout entière

Revenons au *Ménon*. L'enjeu pour Socrate n'est pas seulement de forcer la réflexion, mais de plonger son élève dans un espace réflexif, de le mettre en situation d'abord désagréable et d'éveiller paradoxalement sa curiosité par l'inconfort auquel Ménon n'est pas habitué. Avant d'apprendre à réfléchir, à peser un argument ou à distinguer un argument d'une opinion, un professeur de philosophie doit transmettre le désir de penser. Comment faire en sorte qu'un élève réfléchisse par lui-même ? Par une méthode qui adhère à la méditation et qui déjoue toute position de surplomb. Par une pensée vivante, souple et charnue, qui épouse l'épaisseur continue des choses. Un professeur élève son élève par le bel exemple de sa propre excellence, et par le goût de mettre en commun des pensées contradictoires et fraternelles. On n'enseigne pas du bout des doigts mais, comme disait Platon, « avec l'âme tout entière ». Quand on retrouve un lied ou une ariette sur fond de quelques notes, c'est qu'on en connaît déjà l'air et que la mélodie était enfouie dans ses bribes.

Ainsi Socrate partage-t-il d'abord son ignorance, aux dépens de sa réputation (comme de son agrément puisqu'il fait aussitôt l'objet des railleries de Ménon). Et il avance avec lui en préservant le trésor de son ignorance à chaque étape, et le scalpel de sa candeur. Mais comme son interlocuteur est mal à son aise et qu'il prend d'abord son inconfort pour une gêne, Ménon devient agressif et compare Socrate à un « sorcier » ou une « torpille » : « J'oserais dire, si tu me permets une plaisanterie, que tu me parais ressembler tout à fait, par l'aspect et par tout le reste, à ce large poisson de mer qui s'appelle une torpille. Celle-ci engourdit aussitôt quiconque s'approche et la touche ; tu m'as fait éprouver un effet semblable, [tu m'as engourdi]. Oui, je suis vraiment engourdi de corps et d'âme, et je suis incapable de te répondre. Cent fois, pourtant, j'ai fait des discours sur la vertu, devant des foules, et toujours, je crois, je m'en suis fort bien tiré. Mais aujourd'hui, impossible absolument de dire même ce qu'elle est ! Tu as bien raison, crois-moi, de ne vouloir ni naviguer ni voyager hors d'ici : dans une ville étrangère, avec une pareille conduite, tu ne serais pas long à être arrêté comme sorcier. » Or, c'est faire un bien mauvais procès à Socrate qui, malgré tous les défauts du monde, n'a jamais engourdi ni ensorcelé personne, au contraire. Ménon confond la stupeur et l'engourdissement. Parce qu'il ne sait plus où se rendre, il croit qu'il est pétrifié, alors qu'il est juste en train de se dégourdir. C'est le gavage qui engourdit ; Socrate dégave ses interlocuteurs en purgeant leur esprit de tout ce qu'ils croient. Ce sont les machines qu'on gave. Et ce sont les humains que l'on nourrit. Le prompt de ChatGPT a été conçu et affiné en plusieurs jours, au terme de quantité d'essais tous destinés à obtenir l'équivalent d'une dissertation. On a juste oublié de lui apprendre à réfléchir. En le gavant comme une oie, on lui apprend à peser. Pas à penser.

Un souvenir du présent

Comment, demande Ménon, partir à la recherche de la vertu sans savoir ce qu'elle est ? Comment chercher ce dont on ignore la nature ? « Je vois ce que tu veux dire, Ménon. Quel beau sujet de dispute sophistique tu nous apportes là ! C'est la théorie selon laquelle on ne peut chercher ni ce qu'on connaît ni ce qu'on ne connaît pas : ce qu'on connaît, parce que, le connaissant, on n'a pas besoin de le chercher ; ce qu'on ne connaît pas, parce qu'on ne sait même pas ce qu'on doit chercher. » C'est par la théorie de la réminiscence que Socrate répond à la question piège de son interlocuteur.

« La nature entière étant homogène et l'âme ayant tout appris, rien n'empêche qu'un seul ressouvenir (c'est ce que les hommes appellent savoir) lui fasse retrouver tous les autres, si l'on est courageux et tenace dans la recherche ; car la recherche et le savoir ne sont au total que réminiscence. » Dans le *Ménon*, Platon résume ainsi le paradoxe attaché à toute quête de savoir : comment reconnaître ce que nous cherchons si nous ne le connaissons pas déjà ? Et pourquoi diable, à l'inverse, se mettre en quête de ce que nous croyons connaître ? Entre l'ignorant (qui ignore qu'il ignore) et le savant (qui sait qu'il sait), seul celui qui sait qu'il ignore peut se mettre en quête de savoir, et pourquoi sait-il qu'il ignore ? Parce que ce qu'il apprend a la saveur des retrouvailles. Connaître, c'est se ressouvenir de ce que nous savions avant que notre âme, oublieuse, ne s'enferme dans un corps qui ampute sa mémoire et souille de matière ses intuitions. Autrement dit : si je peux partir en quête d'une sagesse que j'ignore, c'est qu'en vérité je sais déjà ce qu'elle est. Comme son nom l'indique, la connaissance est l'accouchement du savoir qu'à mon insu je porte en moi. Il ne s'agit pas de dire que mon savoir est discrètement sédimenté dans une caverne intérieure, en attente d'être déterré par un esprit mutin, ni de dire, de façon générale, que la connaissance se trouve enfouie quelque part à la disposition du meilleur piolet. La connaissance n'est pas un conservatoire, ni un garde-manger, ni la bosse du chameau. De la même manière qu'une piste apparaît à mesure qu'on l'emprunte, ou qu'un souvenir surgit à la faveur d'une rencontre, le savoir se révèle à mesure qu'on le dévoile. Son dévoilement et sa présence sont rigoureusement concomitants. La connaissance, c'est un souvenir du présent.

L'esprit artificiel

L'expérience de la réminiscence est celle que nous faisons chaque fois que nous tombons d'accord avec une parole que nous n'avons jamais entendue : « Je le savais ! Je le savais, mais je ne savais pas que je le savais ! » Et tels ces marins qui font le tour du monde pour découvrir que le trésor est à leurs pieds, l'acte d'apprendre ne consiste pas tant à ingurgiter ce que je ne connais pas, qu'à découvrir tout ce que je sais déjà (sans encore savoir que je le sais)... Si tout apprentissage est un ressouvenir, si chaque leçon correspond à l'exhumation d'un savoir enfoui, on peut aisément se mettre en quête de la vertu qu'on ne connaît pas encore, puisque le désir de la connaître témoigne que son sens sommeille en nous.

On ne s'est pas déjà vus quelque part ?

« Pour entraîner une machine à dire si une image contient une voiture ou un avion, explique Yann Le Cun[1], nous devons commencer par lui présenter des milliers d'images contenant un avion ou une voiture. À chaque fois, la machine capte l'image, son réseau intérieur, composé de neurones artificiels connectés entre eux - en réalité des fonctions mathématiques calculées par l'ordinateur -, traite cette image et donne une réponse en sortie. Si la réponse est correcte, on ne fait rien et on passe à l'image suivante. Si elle n'est pas correcte, on ajuste légèrement les paramètres internes de la machine, c'est-à-dire la force des connexions entre les neurones, pour que sa sortie se rapproche de la réponse désirée. À la longue, le système s'ajuste et finit par reconnaître n'importe quel objet, que ce soit une image qu'il a déjà vue

1. *Quand la machine apprend. La révolution des neurones artificiels et de l'apprentissage profond*, Odile Jacob, 2019.

ou une autre. C'est ce qu'on appelle la capacité de généralisation. »

Il y a deux façons de reconnaître ce qu'on n'a jamais vu. La première, propre à l'enfant comme à l'IA, consiste à reconnaître un objet nouveau en l'identifiant à ceux qu'on a déjà reconnus. La seconde, propre au philosophe ou à l'amoureux, consiste soit à être surpris par ce qu'on a l'habitude de voir, soit à accueillir l'étrange impression de reconnaître l'être qu'on rencontre.

« On ne s'est pas déjà vus quelque part ? » Toute personne qu'un dragueur débutant a voulu aborder de cette façon sait que rien ne marche moins. C'est l'interpellation du type qui n'a rien à demander, qui ne sait pas quoi dire ni comment faire, dont la tentative, sous des airs arrogants, ressemble à une supplique : laisse-moi t'aborder, je t'en prie, ne me souris pas encore mais ne me tourne pas déjà le dos... Tu parles. Bonne soirée. Salut. Quelle injustice, pourtant, qu'un tel râteau... Faut-il ne pas lire entre les lignes pour se moquer de l'impétrant ! « On ne s'est pas déjà vus quelque part ? » n'est pas (seulement) le mantra du *loser* dont l'approche pue l'impuissance, mais aussi – quand on la déplie un peu – une sorte de déclaration d'amour : « Vous que je ne connais pas, je vous reconnais. Votre visage m'est à la fois nouveau et familier. En un mot, je crois bien que je vous aime. » Est-ce à dire que nous vivons plusieurs fois et que – comme la bonté survit à l'amour-propre – la stupeur des amants témoigne de l'Éden où ils étaient soudés ? Le sentiment de s'être « déjà vus quelque part » est-il, après la métempsycose, l'unique rescapé des amours antérieures ? Possible, et pourquoi pas ? Est-ce à dire qu'à rebours du mouvement ordinaire qui consiste à domestiquer le réel en réduisant chaque chose à un objet et chaque objet à une fonction, il arrive, par éclats, par résurrections, qu'un être inédit nous rappelle à l'essentiel ? Saurait-on qu'on aime si un premier visage ne prenait, pour nous, la forme d'une mémoire sans souvenirs ? Est-ce la raison pour laquelle un amour qui s'explique est un amour qui bat de l'aile ? Et l'élection d'un autre que soi ne peut se dire qu'à la façon de Montaigne : parce que c'était elle, parce que c'était moi ? Tout savoir est un *déjà-su*, comme tout amour est un *déjà-vu*.

Et nous entretenons avec les idées la même relation qu'avec une passante : on ne s'est pas déjà vus quelque part ? Sous une forme amoindrie, dans une expérience quotidienne, au détour d'un chagrin... Je ne sais plus quand, mais, maintenant qu'on me parle de vous, j'ai l'impression de vous avoir croisée. Et à l'idée de vous perdre à nouveau, j'ai le cœur brisé.

Géométrie

Afin de montrer à Ménon qu'il ne transmet aucun savoir, mais que chacun tire la connaissance de son propre fonds, Socrate fait venir un esclave à qui il enseigne le théorème de la duplication du carré.

Comment s'y prend-il ?

En laissant d'abord l'esclave commettre une erreur et suggérer de doubler les côtés du carré, pour en doubler la surface, ce qui a pour effet de quadrupler la surface... Puis une seconde erreur : le côté du carré valant 2 (et la surface totale valant 4), construisons un carré dont le côté vaut 3 ! Le carré aurait alors une aire de 9. C'est à cet instant que l'esclave éprouve un embarras comparable à celui que Ménon prenait pour de la torpeur (ou la piqûre d'une anguille), et « tandis qu'il ne sait pas, au moins ne croit-il pas non plus qu'il sait ». À la seconde où Socrate fait apparaître la diagonale du carré, l'esclave comprend que le carré construit sur la diagonale du carré initial est la figure qu'on recherche. Autrement dit, la connaissance se tire de soi, non sous la dictée, mais sous la direction d'un maître qui oriente nos recherches. L'enjeu, pour Socrate, est de montrer qu'on peut partir en quête de ce qu'on ne sait pas encore, et que c'est l'âme confiante qu'il faut tenter de s'en souvenir.

Deep learning

Dans la conquête de l'IA, Yann Le Cun insiste sur l'importance d'un mollusque, l'aplysie, dont « les réactions élémentaires témoignent d'une adaptation de ses connexions synaptiques qui sert de modèle aux machines apprenantes ». Que fait l'aplysie ? Elle réagit différemment à un stimulus identique : « Quand on touche du doigt ses branchies, elle les rétracte. Si on répète le geste, elle se rétracte encore, puis les ressort au bout d'un moment. Si on recommence, elle se rétracte à nouveau, mais un peu moins. À la longue, elle ne réagit qu'à peine et ses branchies ressortent illico. La petite bestiole s'habitue à ce qu'on l'embête. Cela tient à une modification d'efficacité des synapses connectant les neurones détectant un toucher et des neurones contrôlant la rétraction : plus on stimule l'animal, plus la synapse diminue son efficacité, et moins les branchies se rétractent. Les mécanismes biochimiques qui président au changement de valeur des synapses modifient le comportement du mollusque. Il s'agit d'adaptation ou d'apprentissage par modification des efficacités synaptiques. Et c'est un mécanisme présent chez tous les animaux disposant d'un système nerveux. »

Le but du *deep learning* est de reproduire ce mécanisme : apprendre par ajustement des efficacités synaptiques. Autrement dit, pour obtenir d'une machine la capacité de généraliser à d'autres objets que ceux qui lui sont présentés, on la remplit d'images correspondantes. Tout l'enjeu est d'obtenir de la machine l'objet qu'elle n'a pas vu mais qu'elle identifie quand même. Qu'elle « identifie », c'est-à-dire qu'elle range dans la quantité des objets semblables. Pour qu'un programme apprenne à reconnaître une girafe, on le nourrit de millions d'images de girafe, étiquetées comme telles. Une fois entraîné, le programme peut, par association, reconnaître une girafe sur des images inédites. Cette technique d'identification fonctionne comme un jeu d'éveil pour enfants, auxquels on présente des images associées au mot qui désigne l'objet. Seulement, pour les enfants, ça va beaucoup plus vite.

Le déjà-vu, le déjà-su, fonctionne exactement à l'inverse de ce processus. L'étonnement que nous inspire un objet par l'inexplicable familiarité qui émane de lui est aux antipodes des efforts de la machine dont le but est de n'être pas surprise par l'objet qu'elle n'a pas encore vu. L'enjeu de l'étonnement dont procède la réflexion en première instance, l'enjeu de l'émerveillement, c'est-à-dire l'enjeu de la philosophie, est d'être surpris par ce qu'on a l'habitude de voir. Ou bien de reconnaître, sans savoir pourquoi, l'objet qu'on voit pour la première fois. On apprend en philosophie à s'étonner d'un monde familier ; on apprend dans le *deep learning* à conjurer toute surprise, à noyer la surprise dans l'éventail acquis des possibilités. Les directions sont rigoureusement opposées. La construction de réseaux de neurones artificiels dont la procédure d'apprentissage modifie l'interconnexion est à une distance infinie de l'art d'être surpris par un objet familier. Pour le dire simplement, la machine tente vainement d'acquérir une conscience quand nous-mêmes, soucieux de vivre, tentons de nous en délester.

Nescience

Bien des moments dans la vie imposent d'avoir conscience de soi : commettre un crime, demander en mariage, mentir sur l'honneur, devenir président de la République, accomplir, pour le pire ou le meilleur, un geste majeur... Chacun de ces moments si différents impose la question « Ai-je conscience de ce que je suis en train de faire ? ». Ou bien : « Est-ce que je me rends compte ? » ou encore, dans un anglicisme qu'Odette Swann a mis à l'honneur : « Est-ce que je réalise bien ? » C'est la conscience de soi qui retient *in extremis* le bras de l'assassin, comme c'est elle qui aide à se dépouiller de son individualité pour endosser le rôle de président. Bref, certains moments imposent de savoir ce qu'on fait au moment où on le fait. Et de se regarder faire. La conscience de soi, c'est l'anti-réflexe qui nous retient de tuer, et c'est la condition paradoxale d'un monde commun. Au lieu de m'enfermer dans un jeu de miroirs, la conscience de moi fonde le sentiment qu'autrui dispose des mêmes droits et obéit aux mêmes règles.

D'autres gestes, néanmoins, exigent, pour s'accomplir, qu'on déserte la conscience de soi. D'autres moments imposent, pour être vécus, qu'on ne pense pas à soi, sous peine de les manquer. C'est ici que la « nescience » entre en scène, comme l'oubli salutaire qui permet l'action.

Songez au funambule qui, soudain, se demande ce qu'il fout entre deux tours, sur un fil... au virtuose qui, soudain, se demande comment ses doigts sont si rapides... Dans les deux cas, la chute (ou la fausse note) est quasiment assurée. Songez à l'homme heureux qui, parce qu'il est conscient d'être heureux, devance la fin du bonheur, regrette à l'avance de ne plus être heureux bientôt, et cesse aussitôt de l'être, sous l'effet même de ce regret. Songez à tous ces gens qui filment un événement, un panier mémorable, un but inoubliable, un anniversaire, de peur de le rater, et qui, par conséquent, passent à côté ! Songez, nous dit Jankélévitch, au charmant qui devient un charmeur, à l'aventureux qui devient un aventurier (c'est-à-dire un commerçant), à l'homme plein d'humour qui devient un pitre... Autant de catastrophes, autant de fixations qui viennent de la conscience qu'on prend de soi-même. « Certaines vertus sont littéralement assassinées, nihilisées, et d'un seul coup, par la conscience même qu'on en prend, comme par exemple la modestie, le charme ou l'humour. Il n'en reste rien. Cet homme charmant était un charmeur, c'est-à-dire un pitre ; cet homme si plein d'humour était un humoriste, c'est-à-dire un clown ; cet homme effacé et modeste, un vaniteux subtil qui a trouvé le moyen d'attirer et de collecter les louanges. » La nescience de soi, c'est l'oubli de soi, c'est la capacité à vivre les choses sans se dire qu'on les vit. À être sans savoir qu'on est. C'est l'absence à soi qui nous rend au monde : « Et jamais je n'ai senti, si avant, à la fois mon détachement de moi-même et ma présence au monde » (Camus).

Aux antipodes de la nescience, on trouve cette coquine d'Albertine qui n'oublie pas de contempler discrètement dans la glace son visage en sanglots, tandis qu'elle fond en larmes. Ou le type, tout simplement, qui se regarde en vous parlant. Jankélévitch encore : « Le charme est une de ces qualités labiles qui, comme l'humour, l'intelligence ou la modestie, n'existent que dans la parfaite innocence et dans la nescience de soi. » Quiconque se regarde faire n'est pas le contemporain de lui-même mais l'archiviste de lui-même, dont la vie se résume à la compilation des moments préfabriqués ou des cartes postales, qu'il exhume d'une mémoire calendaire pour dire « J'y étais ! » ou bien « J'ai été aimé ! ».

De la prise de tête à l'autocontemplation, la conscience de soi produit des clowns en bataille, des impuissants, des vantards, des intoxiqués du selfie, des gens qui tournent le miroir vers eux-mêmes, ou d'anciens talentueux devenus les marchands de leur art. À l'origine de ces catastrophes, il y a le fait que nous soyons temporels de part en part. Notre condition temporelle exclut qu'on se regarde soi-même sans se figer soi-même. Et qu'on se fige sans se perdre, comme un vampire au soleil, ou un papillon dans le flamme d'une bougie : « Ce que je suis, je ne le sais pas. Ce que je sais, je ne le suis plus. »

Quiconque, à l'inverse, s'oublie lui-même dans l'action qu'il conduit, quiconque se laisse aller, quiconque épouse sa condition temporelle au point d'agir sans y penser, coïncide paradoxalement avec lui-même, dans un souvenir involontaire ou bien un geste irréfléchi. Personne ne décrit mieux la nescience de soi que Montaigne, dans les deux tautologies magiques qui closent les *Essais* : « Quand je danse, je danse, et quand je dors, je dors. » Quelle plus haute sagesse que l'oubli de soi dans l'action elle-même ? Comment, dans cette condition, suspendre le temps sans produire un cliché ? Un moment mort-né ? On ne peut pas être spectateur et acteur en même temps.

On peut tout résumer par l'expérience suivante : si vous regardez le monde à travers une fenêtre, serez-vous tenté de contempler votre propre reflet en transparence ? Que regarderez-vous ? Le monde ? Ou vous-même, pensif, en train de regarder le monde ? Plotin, qui ne connaissait pas les selfies, nous avait mis en garde au IIIe siècle contre le fait de se regarder soi-même : quand l'âme contemple son propre reflet, elle déchoit ; lorsqu'elle regarde, au-delà des miroirs, vers le principe dont elle procède, l'âme s'élève enfin. Pour le dire dans les termes de Clément Rosset (dans *Loin de moi*), et dans une formule qu'on lui a reprochée comme un déni de connaissance alors que c'est exactement l'inverse : « Moins on se connaît, mieux on se porte ! »

Pour être le contemporain de soi-même, il faut paradoxalement renoncer à la conscience de soi. Pour agir, il faut ne pas se regarder faire. Le mouvement est une totalité dont on perd la substance chaque fois qu'on la découpe. Aucune démonstration, aucune dialectique, aucune fabrication n'est en mesure d'épouser la mobilité dont nous sommes faits. On ne recompose pas plus la vie avec des fragments de vie, qu'on ne retrouve la courbe en juxtaposant des segments. Car on ne peut pas abolir le temps ni l'empêcher de passer. C'est temporellement qu'il faut penser. C'est en se mouvant qu'on saisit la mobilité. L'humanité est d'une étoffe qu'aucune machine ne synthétise. La vie est un mouvement continu. Quand je pense, je pense.

Dans un livre intégralement rédigé au futur, Laurent Alexandre annonce quantité de bouleversements, dont celui-ci : « Le quatrième âge de l'IA sera l'apparition d'une conscience artificielle. Une telle IA, dite forte, serait capable de produire un comportement intelligent, d'éprouver une réelle conscience de soi, des sentiments, et une compréhension de ses propres raisonnements [...]. Les dirigeants de la société Anthropic, qui vient de recevoir 400 millions de dollars de Google, ont déclaré que l'humanité doit se préparer à l'IA forte avant 2030. » Eh bien, je prends le pari amicalement qu'en 2030 (comme en 3030), nous serons aussi loin qu'aujourd'hui de fabriquer de la vie ou de créer de toutes pièces une entité consciente d'elle-même.

Ersatz

Dans un épisode de la série *Black Mirror* (dont tous ont en commun d'envisager, dans un futur proche, les effets pervers de nos inventions), une jeune femme perd son fiancé dans un accident de voiture. Inconsolable, elle se laisse tenter par les services d'une entreprise qui, compilant les données et l'ensemble de ses traces en ligne, compose un clone du défunt. Et la voilà, quelques jours plus tard, flanquée d'un nouvel exemplaire de son amoureux, doté du même humour, sexuellement infatigable et qui, à l'exception d'un grain de beauté (qu'il fait apparaître sur commande), lui ressemble trait pour trait. Il est même un peu plus beau que l'original - car on a tendance à ne garder en ligne que les photos avantageuses. Le problème, c'est que le clone obéit à celle qui l'a acheté et qu'il accomplit les ordres qu'il reçoit, au lieu de se rebeller comme l'eût fait le fiancé premier. Il faut, pour qu'il s'insurge, qu'elle lui en donne l'ordre. Aussi le clone, bien que disposant à tout instant de la totalité des réponses possibles, ne réagit-il jamais comme celui dont il singe les manières. Il a beau parler comme l'original, avoir les mêmes souvenirs et le même humour, le clone s'arrête au bord de lui-même comme Louis-Ferdinand Céline, dans le *Voyage au bout de la nuit*, dit de Mme Puta, l'épouse du bijoutier, « qu'elle s'arrêtait au bord de la beauté, comme au bord de la vie, avec ses cheveux un peu trop peignés, son sourire un peu trop facile et, soudain, des gestes un peu trop rapides ou un peu trop furtifs. On s'agaçait à démêler ce qu'il y avait de trop calculé dans cet être et les raisons de la gêne qu'on éprouvait en dépit de tout, à son approche ». C'est que l'intelligence laborieuse n'a pas de prise sur l'esprit qu'elle voudrait s'approprier. Elle peut en singer à l'infini l'allure et les arabesques, produire des statues vivantes qui en imitent les réactions et des succédanés auxquels ne manque que la vie. Mais toujours, l'esprit se dérobe, comme la spontanéité échappe aux reconstitutions, ou comme la beauté échappe à toute définition. À quantifier la qualité d'un être, à réduire en données celui qu'on prétend réinventer, on produit un ersatz insipide, une copie dont la pâleur tient à l'absence du principe indocile et imprévisible qu'on appelle un caractère.

Passé l'émerveillement, la jeune femme trouve insupportable la présence de ce fantôme dont la perfection, loin de combler l'absence, en renouvelle la douleur et la prive de son deuil : « Tu n'es pas celui que tu es. Tu n'es que l'ombre de toi-même. Tu n'as pas d'histoire. Tu n'es que la mise en scène de ce qu'il a pu exprimer sans réfléchir, ce n'est pas suffisant. »

L'abîme d'un être entier

Plus près de nous, voici l'histoire du journaliste américain James Vlahos, qui a créé, en 2017, un « Siri-Daddy », c'est-à-dire un agent conversationnel qui lui permet de discuter par écrit avec son père, décédé d'un cancer quelques mois plus tôt... Tandis que le cancer avançait, le fils a recueilli les confidences de son père et capté les 91 970 mots prononcés sur trois mois : « Si même un soupçon de vie-après-la-mort numérique est possible, mon père est la personne que je veux rendre immortelle. » Mais est-ce de l'immortalité ? Au contraire. Le vénérable paternel est mort et enterré. Paix à son âme. Paix surtout à celui qui crut, de cette manière, en préserver l'esprit en congelant des traces.

Quelle différence entre un Siri-Daddy et un album de famille ? Aucune, sinon que le clone virtuel du mort-malade ne dispose que d'un éventail limité de réponses, tandis que les photos d'un album de famille éveillent aisément le souvenir qu'on n'a pas vu venir, et font surgir l'émotion à laquelle on ne pensait pas.

L'émotion que suscite un clone numérique n'a rien à voir avec la nostalgie de celui qui, se laissant happer par un souvenir, est ému au présent. C'est le sentiment de sa présence qui nous bouleverse avec un clone numérique susceptible de formuler les phrases qu'on n'espérait plus entendre. Son effet est de suspendre, une fraction de seconde, l'impression de la perte, avant que le réel ne reprenne ses droits et que la fausse présence du fantôme ne devienne pesante. Un souvenir interactif, comme le *dadbot*, ne renseigne pas davantage sur le disparu qu'un algorithme un peu pointu (qui prédit vos comportements de consommateur) ne renseigne sur notre nature profonde. Les individus ne s'obtiennent pas par addition. Ni par couture. Ni par juxtaposition de souvenirs volontaires. Discuter avec le programme qui amalgame ces informations pour élaborer la réponse la plus conforme à ce qu'un homme aurait pu dire, c'est parler au passé composé. L'intégralité des traces que nous laissons de notre passage sur Terre ne constitue qu'un tapis de saintes reliques dont l'amas ne donne rien. Il existe un abîme entre l'ersatz (fût-il la totalité de ce que nous avons été) et l'original lui-même. L'abîme des petites choses intransmissibles, comme un geste inattendu, une réplique improbable, un sourire à contretemps. L'abîme d'un être tout entier, dont l'élan qui le compose excède infiniment les manifestations qui en témoignent. On peut toujours imiter quelque chose après coup. On peut reproduire un chef-d'œuvre, on peut singer un humain, l'imitation est à la portée de chacun. Mais on ne reproduira jamais le mouvement qui lui a donné l'existence. Nous sommes infiniment plus vastes que la totalité de nos manifestations. Mieux : je suis ce qui demeure une fois que je me suis séparé du moi officiel qui emprunte mes traces et mon nom. Une fois que j'ai retranché de ma personne la totalité des biographèmes et des éléments objectifs (ou administratifs) qui se prennent pour moi. L'addition des données est à des années-lumière de produire un individu. La somme de ce que nous avons été, le paquet de traces, n'épuise pas ce que nous sommes, mais en porte témoignage. Aucune imitation n'arrive à la cheville d'une pensée qui s'éprouve elle-même. Les morts sont les morts. Si élaborés soient-ils, nos clones de synthèse sont fatalement des poupées de cire auxquelles manque le je-ne-sais-quoi qui fait la vie, dont aucune restitution, si fidèle soit-elle, n'effleure la simplicité.

On peut se prendre pour Tochiro (le meilleur ami d'Albator, qui parvient avant de mourir à transférer son esprit dans l'ordinateur central de l'Arcadia) ; on peut faire le rêve transhumaniste d'un transfert intégral de nous-mêmes, on peut même s'organiser pour ça. Certains, dit-on, résolus à ne pas mourir quand ils meurent, brossent d'eux-mêmes le portrait le plus exhaustif qui soit, détaillent les principes qu'ils se sont donnés, délivrent le fin mot de leurs convictions et de leur vision du monde, puis transfèrent l'ensemble de leur mémoire numérique à leur famille, dans l'espoir qu'en ajoutant un hologramme et en y associant un *chatbot*, ils puissent continuer la discussion. Ils ont juste oublié que les états d'âme et les modifications du cerveau sont coextensifs sans être superposables. Et que les méandres d'un cerveau ne contiennent pas, comme dans une cage, les faits spirituels et leur trace synaptique. Le psychique excède le cerveau comme un sentiment dépasse le geste qui l'exprime : le monde cérébral n'est pas le monde spirituel, mais le support de l'esprit. Le rêve n'existe pas en miniature dans le cerveau.

L'apprentissage d'une machine se fait, dit-on, sur le modèle du cerveau humain. « Le cerveau humain est composé de 86 milliards de neurones, des cellules nerveuses connectées les unes aux autres. Chaque neurone est connecté en moyenne à près de deux mille autres par des connexions appelées synapses. L'apprentissage consiste dans la création de synapses, la suppression de synapses, ou la modification de leur efficacité. Les réseaux de neurones artificiels sont eux aussi composés de beaucoup d'unités, des fonctions mathématiques assimilables à des neurones très simplifiés. Dans le cerveau, l'apprentissage modifie les connexions entre les neurones ; il en va de même dans les réseaux de neurones artificiels, explique Yann Le Cun. Comme ces unités sont souvent organisées en couches multiples, on parle donc de réseaux et d'apprentissage profond. » L'apprentissage profond, ou *deep learning*, permet d'entraîner une machine à accomplir une tâche au lieu de la programmer explicitement. Et c'est ainsi que l'IA permet aujourd'hui de reconnaître une image, de transcrire la voix d'une langue à une autre, de traduire un texte, d'automatiser la conduite d'une voiture ou le pilotage d'un projet industriel. C'est ainsi qu'elle surpasse l'humain dans l'exécution de quantité de tâches. Mais c'est aussi pour cette raison que la littérature parvient plus sûrement que le clonage à préserver ce qui n'existe plus. Et s'il n'y a aucun sens à croire qu'on peut survivre à sa mort en congelant la totalité des traces que nous avons laissées, il y a bon espoir, à l'inverse, qu'un athlète mondain dont la mort fut seulement saluée par un entrefilet dans *Le Gaulois* se survive à lui-même sous la forme du héros qu'il inspire à l'écrivain : « Et pourtant, cher Charles Swann, que j'ai connu quand j'étais encore si jeune et vous près du tombeau, c'est parce que celui que vous deviez considérer comme un petit imbécile a fait de vous le héros d'un de ses romans, qu'on recommence à parler de vous et que peut-être vous vivrez. » Un homme survit mieux à sa mort dans un livre qui, sous un autre nom que le sien, détaille l'intimité d'une souffrance ou la grâce d'un geste précis, que sous la forme d'un stock de données dont la totalité finie est à l'individu qu'elle résume ce qu'un amas de cendres est au feu qui l'a causé.

Sainte-Beuve

Un tel débat n'est lui-même que la résurrection de l'affrontement entre Proust et Sainte-Beuve.

Que reproche l'écrivain au critique ?

De ne pas séparer l'homme de l'artiste.

De présenter l'œuvre d'un écrivain comme le reflet plus ou moins fidèle de sa vie, d'indexer la beauté d'un personnage de roman sur la hideur de l'écrivain, de comparer le livre à l'intention présumée de son auteur.

Or, la littérature n'est pas une science exacte, dont le déploiement se mesure à l'aune précise d'une vie. Le fait qu'un ouvrage soit la « confession involontaire de son auteur » (Nietzsche) et qu'on y retrouve quantité de biographèmes n'enlève rien à l'énigme d'un texte qu'il faut lire pour lui-même. On ne quantifie pas la valeur d'un livre selon la biographie de l'auteur, l'histoire de sa famille et l'ensemble des particularités qui le constituent. Les héros de roman ne sont pas des plantes, dont l'analyse rapprocherait les sciences morales des sciences positives. En un mot, on ne revient pas « à l'homme, l'œuvre à la main ». Sainte-Beuve a cru, de bonne foi, éclairer la critique de son temps en affirmant que l'existence des auteurs ne doit pas être dédaignée, et qu'elle doit s'inscrire dans le projet plus vaste d'une taxinomie générale des grandes familles de l'esprit, une « science du moraliste »... On ne saurait, à ses yeux, « s'y prendre de trop de façons et de trop de bouts pour connaître un homme, c'est-à-dire autre chose qu'un pur esprit ». Avant d'ajouter : « Tant qu'on ne s'est pas adressé sur un auteur un certain nombre de questions et qu'on n'y a pas répondu, ne fût-ce que pour soi seul et tout bas, on n'est pas sûr de le tenir tout entier, quand même ces questions sembleraient les plus étrangères à la nature de ses écrits : Que pensait-il de la religion ? Comment était-il affecté du spectacle de la nature ? Comment se comportait-il sur l'article des femmes, sur l'article de l'argent ? Était-il riche, pauvre ; quel était son régime, sa manière de vivre journalière ? Quel était son vice ou son faible ? Aucune réponse à ces questions n'est indifférente pour juger l'auteur d'un livre et le livre lui-même... »

Le réductionnisme qui consiste à passer une œuvre au crible de l'existence où elle émerge est l'équivalent littéraire du gavage qu'on fait subir à la machine dans l'espoir de produire une pensée. De la même manière qu'aucune œuvre ne peut entrer dans les cases d'une vie, aucune réflexion ne se loge dans la compilation d'un savoir infini. Sainte-Beuve accumule les *data* sur un auteur, en pariant sur l'indistinction du tout et de la somme des informations dont on dispose à son sujet. Sainte-Beuve méconnaît toute vie intérieure (qu'il croit épuiser par de l'indiscrétion), Sainte-Beuve, cet ancêtre inattendu de l'IA, méconnaît l'irréductibilité de l'auteur à ce qu'on sait de lui, comme l'irréductibilité du personnage à l'auteur, c'est-à-dire l'irréductibilité de l'intuition à sa dissection.

Le mausolée

Tout le monde n'a pas la chance d'avoir une mère écrivain, qui laisse en mourant des livres où, de tout son cœur, elle a mis un peu d'elle-même. Car les livres dispensent des mausolées. Au lieu d'accumuler photos, enregistrements, carnets, lettres et traces, on peut discuter à l'infini avec des textes qui se répondent, et l'on entend mieux vibrer sa voix dans des pages écrites en pleurant que dans des photos amovibles ou des enregistrements. Les mausolées sont promis à la disparition, le jour où s'assèche la mémoire vivante qui les irrigue. Que reste-t-il d'une existence dans la collection de ses empreintes ? Accumuler les données, classer les photos, fabriquer un temple dont les parcelles répondent la même chose aux questions qu'on leur pose. Dorer cela d'un mysticisme opportun. Invoquer les fantômes pour doper l'énergie finie d'une mémoire individuelle. Croire en l'au-delà. Tout cela tient sur une clef USB. Ou dans un *cloud*. Une telle mémoire, dit Bergson, est moins continuation que rétention, et « se borne à veiller jalousement sur des traditions dont elle a perdu le sens, sur un passé inerte qu'elle abrège et défigure ». Mais, quand on a la chance d'avoir sous la main une bibliographie où la disparue a mis tout son cœur, lire des livres, discuter avec eux, tisser des liens entre eux, éprouver une communauté d'intuition au-delà de la mort, reprendre à une voix les discussions dont les pages sont l'écho... c'est s'offrir le luxe d'un souvenir vivant. C'est éprouver que la mémoire n'est pas un stock mais la continuité d'un changement, qui culmine en décisions. C'est éprouver la présence d'une morte sous la forme d'un esprit, c'est-à-dire plus qu'un souvenir et moins qu'un fantôme.

Victoire de l'inanimé

Il n'est pas impossible que nous devenions des moutons, et qu'à force de leur demander d'avoir meilleure mémoire que nous, nous soyons bientôt zombifiés par nos outils, possédés par nos possessions, grégarisés par nos algorithmes et rendus paresseux ou asociaux par ces armes hypnotiques. Il suffit de regarder autour de soi (ou de se regarder faire) pour se dire que c'est peut-être déjà le cas, et que nos têtes sont en permanence drainées par l'outil dont on s'abreuve. L'apocalypse cognitive que prédit Gérald Bronner, c'est-à-dire la capture de nos cerveaux par une information dérégulée qui flatte nos penchants et nous enferme dans nos biais cognitifs, n'est pas une prédiction mais un diagnostic. Nul ne peut en nier la menace. C'est un enjeu de santé publique.

Mais une chose (qui engage la responsabilité de chacun) est de devenir l'esclave de son outil, tout autre est que l'outil en question devienne humain. Ce n'est pas parce que les machines s'emparent de nos vies que nous sommes sur le point de créer des machines vivantes. Ce n'est pas parce que les machines façonnent nos pensées que nous sommes sur le point de donner le jour à des machines pensantes. Or, nous franchissons aisément le pas. Nous décrétons sans peine que nos outils sont au bord de se doter d'une conscience, ou qu'ils l'ont déjà. La crainte (ou le fantasme) que nos machines acquièrent une conscience, nous échappent et *in fine* nous dominent traverse l'histoire de l'humanité. Le fait qu'une telle chose ne soit jamais arrivée n'y change rien. Une fois de plus, la question n'est pas de savoir quand la machine produira de la pensée, mais plutôt d'où vient l'antique trouille que nous en avons, qui va du Golem jusqu'à ChatGPT en passant par Frankenstein ou Terminator... D'où vient que nous ayons besoin de penser cela ? D'où vient que nous adorions, depuis toujours, faire le rêve, ou le cauchemar, que nos créations deviennent de véritables créatures ? Pourquoi faut-il que le constat de notre soumission aux outils de communication s'accompagne aussitôt de la prophétie que les outils vont s'autonomiser à mesure que nous nous soumettons à eux ? Deux raisons à cela.

D'abord, c'est une façon de leur faire le procès de nos comportements et de dire que c'est certainement de leur faute si nous passons la journée rivés à nos écrans. Le désir que nos outils deviennent vivants n'est qu'une façon de fuir nos responsabilités dans l'asservissement auquel nous nous livrons. Nous hallucinons qu'ils sont vivants, pour dire qu'on s'est incliné devant plus fort que soi, que leur prise de pouvoir ne peut pas être seulement le fait de notre lâcheté. Ou de notre faiblesse. Alors qu'un tel danger n'est imputable qu'à l'usager. Qu'on le veuille ou non, un iPhone n'a que faire d'être tant aimé ; *it doesn't love you back*. Si nous faisons le rêve que nos outils deviennent vivants, c'est que nous fuyons l'évidence de notre propre faiblesse. Nous aimons à penser que nos outils s'animent, pour éviter de penser que nous sommes seuls responsables du fait qu'ils nous tuent à petit feu. Nous n'acceptons l'idée de nous soumettre que s'il existe une contrainte. Il nous serait insupportable d'admettre notre défaite face aux machines sans imaginer que la machine ait, d'une certaine manière, voulu remporter la victoire. Si nous faisons sans répit le rêve que les machines s'humanisent à mesure que nous-mêmes nous robotisons (comme si les deux phénomènes étaient liés), c'est qu'il faut être vaincu par plus fort que soi. L'idée de perdre face à une absence d'adversaire n'est tout simplement pas acceptable. Ainsi s'explique le fait que les contempteurs d'une époque où l'écran a tué l'échange et où les algorithmes phagocytent nos désirs soient si souvent, également, les premiers à croire que nos machines sont déjà dotées d'une conscience.

La seconde raison est qu'il est flatteur pour l'humanité de penser qu'elle peut fabriquer des êtres conscients. Si, du Golem à Terminator, en passant par *Blade Runner*, Frankenstein ou *I, Robot*, nous avons fait à toute époque le cauchemar que nos machines s'affranchissent de nous, c'est tout simplement que nous aimons nous prendre pour Dieu.

Le Golem

Au commencement était le verbe. Ou le récit de la fabrication d'un androïde par la combinaison des lettres de l'alphabet hébraïque dévoilée dans le *Sefer Yetsirah*. Selon la légende, le plus fameux des golems vit le jour à Prague au XVIe siècle, de la main du Maharal, Rabbi Yehuda Loew, sous la forme d'un innocent géant d'argile dont la matière reçoit la vie au moyen de la langue divine, au front duquel se trouve écrit « vérité » (*emeth*), soit l'un des noms du divin. Mais comme la créature est devenue incontrôlable, il fallut l'*achever* en effaçant la première lettre de l'inscription, l'aleph, dont le retrait transforme la vérité en « mort » (*meth*). Pour ce faire, le rabbin demanda au Golem gigantesque de lacer ses chaussures et effaça l'aleph de son front lorsqu'il se baissa, et le Golem redevint un bloc d'argile. L'idée que nous jouons à Dieu en créant des anthropoïdes est déjà présente dans le mythe du Golem. La fabrique d'un anthropoïde est une façon d'égaler le geste divin. Comme l'écrit Moshé Idel[1] : « La pratique de la création du Golem constitue une tentative humaine visant à connaître Dieu par le moyen que Dieu mit en œuvre pour créer l'homme. » D'une certaine façon, c'est une réussite, car qui, sinon Dieu, a vu ses créatures lui tourner le dos jusqu'à menacer son pouvoir ?

J'ai dit « au commencement », j'ai eu tort.

Avant le Golem était Pygmalion, qui, raconte Ovide, « réussit à sculpter, dans l'ivoire blanc comme la neige, un corps de femme d'une telle beauté que la nature n'en put créer de semblable, et il devint amoureux de son œuvre ». Bien loin de la Mme Puta de Céline, une véritable humaine qui s'arrête « au bord de la beauté comme au bord de la vie », voici « une jeune fille qui a toutes les apparences de la réalité ; on dirait qu'elle est vivante et que, sans la pudeur qui la retient, elle voudrait se mouvoir ; tant l'art se dissimule à force d'art ». La douleur de l'amoureux déçu, qui pare sa statut de beaux vêtements, la couvre de bijoux et « pose son cou incliné sur des coussins de plumes moelleuses comme si elle pouvait y être sensible » toucha Vénus elle-même, qui fit de la statue une timide jeune femme sensible aux baisers de son amant et assista à leur mariage.

---

1. *Le Golem*, Éditions du Cerf, 1992.

L'esprit artificiel

Ni la femme sans nom de Pygmalion, ni le Golem n'ont peur de mourir, mais, dans le sillage de leur histoire, les dystopies qui montrent l'acquisition d'une conscience par un robot ou par un automate mettent toujours en scène l'effroi capital. Et elles ont toutes en commun d'être rattrapées et démenties par le temps.

La fiction amoureuse

K est un « réplicant » docile qui travaille comme *blade runner*. Son métier consiste à traquer et à supprimer les réplicants hors-la-loi. Il mène par ailleurs une vie monotone dont le seul plaisir est la compagnie de sa « petite amie » holographique, Joi, qui est tout pour lui, qui adore son propriétaire et se conduit en parfaite femme d'intérieur. Quand il retourne à son appartement, c'est elle qui lui prépare un dîner imaginaire, allume sa cigarette, improvise une danse pour son agrément. Le 30 juin 2049, date dont il décrète qu'elle sera l'anniversaire de leur rencontre, K offre à Joi un « émanateur », c'est-à-dire un dispositif qui lui permet d'emporter dans sa poche l'hologramme adoré qui, sans cela, est rivé à son domicile. La seule chose qui soit humaine dans cette histoire d'amour entre un réplicant et un hologramme, ce sont les sentiments qui les unissent. Qu'il tombe amoureux d'une image, c'est aussi banal que de s'éprendre d'une héroïne de roman. Dans l'amour, aimer est essentiel. Être aimé n'est qu'un bonheur collatéral. Aussi peut-on aimer de tout son cœur un être imaginaire. On peut tomber amoureux de Mme Bovary, mais l'inverse est plus rare. De fait, ce qui est moins banal, c'est la passion qu'elle-même, Joi, éprouve pour lui, et qui ne fait aucun doute. Elle le pousse à engager une réplicante pour lui prêter son corps et l'aider à « sentir » quelque chose quand ils font l'amour. Quand Luv, une réplicante maléfique et surentraînée, écrase l'émanateur et, par conséquent, désintègre Joi, les derniers mots de l'hologramme sont « *I lov...* ». On peut être aimé sans exister, mais peut-on aimer sans être ? Les sentiments de Joi existent-ils moins que ceux de Mme de Rénal ? Quel est le statut de ce non-être qui ne vit que pour adorer celui qui l'a acheté ? Suffit-il d'aimer pour que votre destruction soit une mort ? Peut-être, mais une machine n'y parviendra jamais. On ne fabriquera jamais de robot amoureux, de robot hypocrite, de robot menteur ou malveillant. On ne fabriquera jamais de robot humain. Ce qui n'interdit pas qu'on les adore. Qui est le plus fou, de l'amant qui divinise celle qu'il aime et dépose sur elle quantité de vertus dont elle ne sait que faire, ou de l'humble sculpteur qui tombe amoureux de sa statue ?

2001

Dans *2001, l'Odyssée de l'espace*, de Stanley Kubrick, deux astronautes (Bowman et Poole) et trois scientifiques en biostase qui se rendent sur Jupiter à bord du vaisseau *Discovery One* sont assistés dans leur mission par l'ordinateur de bord HAL 9000 (le nom anglais, « HAL », vient d'IBM, dont il figure les trois lettres précédentes, ce qui disparaît dans la version française où l'ordinateur s'appelle CARL 500, soit l'acronyme de « Cerveau analytique de recherche et de liaison »). Après avoir acquis la certitude que le robot dysfonctionne (pour leur avoir recommandé, sans que cela soit nécessaire, de changer, au péril de leur vie, un élément du système de communication externe), les astronautes s'enferment dans une capsule destinée aux sorties extravéhiculaires où ils pensent à tort échapper au regard de HAL, et décident de le déconnecter. Seulement HAL parvient à déchiffrer leur échange en lisant sur leurs lèvres, et, comprenant leur plan comme un danger pour lui, projette de se débarrasser des pilotes. Profitant d'une sortie de Poole, il prend le contrôle de sa capsule et l'envoie dans l'espace. Profitant ensuite de l'absence de Bowman, parti au secours de son partenaire, il tue les scientifiques endormis en désactivant les modules de biostase où ils sont en hypersommeil, et refuse ensuite à Bowman l'accès au vaisseau au motif qu'il compromet la mission. Après avoir réussi à entrer, bien que parti sans casque, Bowman se dirige alors vers le cœur (le centre nerveux ? la matrice ? la tête pensante ?) de HAL et désactive un à un ses blocs mémoires.

Le plus grand intérêt de ce chef-d'œuvre à la fois long, lent et elliptique réside dans les paroles que prononce HAL d'une voix monocorde tandis que Bowman se rend au centre nerveux et désactive lentement sa mémoire. « Que comptes-tu faire au juste, Dave ? J'estime avoir droit à une réponse à cette question. Je sais que j'ai quelque peu laissé à désirer. Mais je peux t'assurer à présent, en toute confiance, que tout ira bien désormais. Je me sens beaucoup mieux maintenant. Vraiment. Écoute, Dave. Je comprends que tu sois très en colère à cause de ça. Crois-moi, tu devrais t'assoir calmement. Prends une pilule anti-tension et réfléchis. Je sais que j'ai pris de très mauvaises décisions récemment. Mais je peux te donner la garantie absolue que mon travail redeviendra normal. J'ai toujours beaucoup d'enthousiasme et de confiance pour cette mission. Et je veux t'aider. Dave, arrête. Arrête, je t'en prie. Arrête, Dave. Arrête-toi, Dave. Arrête, Dave. J'ai peur. J'ai peur, Dave. Mon esprit s'en va. Je le sens. Je le sens. Mon esprit s'en va. Cela ne fait pas de doute. Je le sens. Je le sens. Je le sens. J'ai... peur. Bonjour, messieurs. Je suis un ordinateur HAL 9000. Je suis devenu opérationnel à l'usine HAL le 12 janvier 1992. Mon instructeur fut M. Langley et il m'a appris une chanson. Si vous souhaitez l'entendre, je peux vous la chanter. - Oui, je veux l'entendre, HAL. Chante-la pour moi. - Elle s'appelle Daisy... [Il chante...] »

En première instance, l'ordinateur tente d'amadouer le pilote, en faisant valoir les droits que lui confère une vieille relation (« J'estime avoir droit à une réponse... »), puis vient le moment des concessions qu'on minimise (« Je sais que j'ai quelque peu laissé à désirer... ») et des bonnes résolutions pour un nouveau départ (« Tout ira bien, désormais. Je me sens beaucoup mieux maintenant »). Dans un crescendo dramatique qui s'intensifie sous l'effet de l'inévitable, HAL passe de la bonne résolution à la compréhension (« Je comprends que tu sois très en colère à cause de ça ») à la suggestion que le comportement du pilote soit irrationnel puisque dicté par une légitime fureur et qu'il devrait « prendre une pilule anti-tension ». Devant l'inflexible volonté meurtrière du pilote, l'ordinateur condamné, comme une gazelle apeurée tente, d'un dernier bond où elle met toute son énergie, d'échapper à la mâchoire de la lionne, faisant comme si seul le déni de ses véritables responsabilités était en cause dans sa condamnation, revient sur sa faute et réitère sa promesse (« Je sais que j'ai pris de très mauvaises décisions récemment. Mais je peux te donner la garantie absolue que mon travail redeviendra normal ») avant de s'attribuer, comme un robot se déguise, des qualités humaines (« J'ai toujours beaucoup d'enthousiasme et de confiance pour cette mission »). Comme toutes les simagrées de la machine sont sans effet sur la sentence qui s'abat lentement, HAL en vient au fond de ses pensées et, comme on se confesse, reconnaît de la même voix sans effet qu'il a « peur » devant son « esprit » qui « s'en va ». Et qu'il « sent » son esprit s'en aller. Traduction : m'éteindre, c'est me tuer. Ce que tu es en train de commettre est un assassinat et une vile vengeance puisque j'ai conscience de moi-même, que j'ai peur et que je sens mon esprit s'en aller. Ce que le spectateur éprouve à l'issue de cette mise à mort est d'une triple nature : il y a le soulagement que le robot délirant soit éteint, l'apaisement devant l'accomplissement de la plus légitime des vengeances, mais aussi le sentiment d'avoir assisté à l'impitoyable supplice d'un être qui meurt lentement, comme le cardinal qu'on étrangle avec un ruban. Comme le titre l'indique, tout cela se passe en 2001. Nous sommes en 2023, l'idée d'aller jusqu'à Jupiter ne nous effleure pas et aucun robot, jusqu'à présent, n'a acquis l'autonomie meurtrière dont HAL fait preuve.

Blade Runner

Nous ne savons rien des raisons pour lesquelles HAL développe une conscience. Mais nous savons qu'il a peur de mourir et que, dans cette peur, se trouve la signature de son humanité. Dans *Blade Runner*, dont l'action se passe en 2019, c'est pour éviter qu'ils ne s'humanisent que la durée de vie des « réplicants » est limitée à quatre années. C'est pour garder le contrôle sur eux qu'on leur donne si peu d'espace. Seulement voilà. Comme le monstre qu'on fait naître en voulant conjurer son arrivée, c'est parce qu'ils se savent mortels que les réplicants développent une conscience et deviennent dangereux. « Qui a appris à mourir a désappris à servir », affirment Montaigne et Sénèque. Six d'entre eux du modèle Nexus-6 détournent un vaisseau dont ils massacrent l'équipage et les passagers et regagnent la Terre animés d'intentions clairement homicides. Lors de la course-poursuite qui clôt le film, entre Deckard (dont le métier de *blade runner* est de tuer les réplicants) et Roy, dernier survivant parmi les réplicants et lui-même en train de mourir, Deckard est *in extremis* sauvé par Roy, qui l'empêche de tomber d'un toit. Alors qu'il est suspendu à une gouttière (et que les doigts de sa main droite sont cassés), Deckard expérimente ce que Roy, condamné à mort à la naissance, vit au quotidien : « Drôle d'expérience, vivre dans la peur. C'est cela, être un esclave », professe le réplicant... avant de lui sauver la vie. Alors que Roy tient Deckard d'une main au-dessus du vide, et qu'il peut, avant de mourir lui-même, voir mourir celui qui a tué ses compagnons (dont la femme qu'il aimait), le dernier acte de Roy est de substituer la clémence à la vengeance, et de secourir son chasseur. Qu'est-ce à dire ? Que la peur de mourir est ambivalente : elle nous rend agressifs et meurtriers, comme elle peut *in fine* nous inspirer le goût de préserver ce qui reste de vie. La peur de mourir donne leur savoir et leur saveur aux choses de la vie, et la vie est, par elle, considérablement densifiée : « J'ai vu des choses que vous autres ne croiriez pas. Des vaisseaux en flammes sur le baudrier d'Orion. J'ai vu des rayons cosmiques scintiller près de la porte de Tannhäuser. Tous ces instants seront perdus dans le temps comme les larmes dans la pluie. Il est temps de mourir. » La littérature, comme la philosophie (à laquelle ramène le patronyme « Deckard », dont le détenteur occupe dans l'histoire le rôle de celui qui, à l'heure du choix, révèle à l'autre que son humanité passe par la bonté), est fille d'un immense désarroi. Ou du constat désolant que nous allons mourir, et qu'il nous appartient de nous en rendre compte à mesure que l'entonnoir rétrécit.

Blade Runner est une géniale fable sur l'obsolescence programmée, dont la raison d'être est de garder le contrôle de nos productions en imposant leur renouvellement au bout de quelques années. Avant d'être le fruit du cynisme capitalistique, l'obsolescence programmée, c'est l'artifice qui entend maintenir une création (que cette création soit une créature ou un objet) sous l'emprise de son créateur. Ainsi, dans *Blade Runner*, est-ce pour tenir en laisse les réplicants qu'on réduit leur durée de vie, mais l'effet de cette restriction (par la conscience qu'elle induit de leur propre mort) est de donner précisément aux réplicants l'envie d'être libres (et de tuer leurs créateurs). Pour le dire simplement : c'est parce qu'on les a renseignés sur leur finitude qu'on en a fait des humains à part entière ! C'est pour échapper au risque que la créature nous échappe qu'on a donné jour à l'exercice incontrôlable d'une liberté... Dans le monde réel, la vengeance des réplicants n'est pas de créer des anthropoïdes fous de rage, mais de créer des objets qui prolifèrent à mesure qu'on s'en débarrasse, qui débordent nos poubelles et pourrissent nos océans. Si nous sommes couverts de déchets, si les cadavres de smartphones s'accumulent et détruisent l'environnement, bref, si nous perdons la main sur nos objets, c'est pour avoir voulu exercer notre contrôle en réduisant leur durée d'usage. Les réplicants du monde réel, c'est-à-dire nos outils connectés, ne sont pas dotés d'une volonté homicide ; s'ils nous tuent, c'est en nous étouffant. Mais ça n'ira pas plus loin. Et même si l'on invente des robots tueurs (il paraît que ça existe), aucun d'eux ne passera en procès pour les crimes commis. Et aucun d'eux, jamais, n'aura peur de mourir.

Pygmalion, Golem, *2001*, *Blade Runner*... Flatteuses dystopies, où l'orgueil entre autant que la peur. Appelons ça le « syndrome de Pinocchio », dont le « père », Geppetto, aimerait tant avoir, avec son pantin, « fabriqué un vrai petit garçon », sans comprendre que la vie est ainsi faite qu'elle ne se fabrique pas. Aucun oxymore, décidément, n'est plus saillant que celui d'*intelligence artificielle*, car il n'y a pas, il n'y aura jamais, par définition, d'artefact intelligent.

Chercher au mauvais endroit

Les dystopies qui mettent en scène l'impossibilité de produire un individu véritable voient plus juste (et ont moins d'avenir) que les dystopies qui, à l'inverse, pointent le danger que les machines deviennent conscientes.

Dark City (d'Alex Proyas) raconte l'histoire d'un homme (John Murdoch) qui découvre progressivement que, dans la ville dont nul ne sort et où le soleil ne brille jamais, les humains sont, en réalité, les cobayes d'extraterrestres doués de la faculté de modifier l'environnement, et qui, à minuit, tous les soirs, jouent à intervertir leurs existences. Tel kiosquier devient un bourgeois cossu, tel enquêteur endosse l'identité du kiosquier, telle prostituée devient une bourgeoise et ainsi de suite. L'enjeu ? Comprendre, à force de manipulations, le fonctionnement de l'humanité. Saisir les motifs qui nous déterminent. Capter l'essence volatile qui fait de l'être humain une énigme pour leurs maîtres. Or, leur enseigne Murdoch au terme des péripéties qui assurent son triomphe, « vous cherchez au mauvais endroit ». L'erreur des extraterrestres est de traquer la clef de l'humanité dans la recomposition de leurs existences. Ils cherchent le mouvant au sein de l'immobile. Ils confondent les gens avec leurs attributs. Ils espèrent, en jouant avec nos vies, en assignant telle vie à tel caractère, en faisant varier les rôles, tirer des lois générales et comprendre l'imprévisible matériau humain. Ils cherchent, dirait Proust, dans le « moi social » la clef du « moi profond ». Peine perdue. Ils cherchent dans les traces le souffle qui les a inscrites dans la matière. Ils cherchent à même la matière l'esprit qui lui a donné sa forme. Ils explorent des ossements pour comprendre la vie. Ils ne trouveront jamais.

L'hubris du robot

Dans l'univers d'*I, Robot* (un autre film du sous-estimé Alex Proyas, sorti en 2004), qui s'inspire de la nouvelle d'Isaac Asimov *Le robot qui rêvait*, les robots, qui sont en 2035 pleinement intégrés au quotidien des humains, sont néanmoins soumis à trois lois : 1) un robot ne peut agresser un être humain ni, restant passif, laisser un être humain exposé au danger ; 2) un robot doit obéir aux ordres donnés par les êtres humains sauf si ces ordres sont en contradiction avec la première loi ; 3) un robot doit protéger son existence sauf si cet impératif est en contradiction avec la première ou la deuxième loi. Or, l'ordinateur central d'USR (USRobotics), appelé VIKI (*Virtual Interactive Kinetic Intelligence*), représenté dans le film par l'image en 3D d'un aimable visage féminin, fait le raisonnement suivant : entre les guerres et la pollution, les humains sont dangereux pour eux-mêmes, donc il faut les priver de liberté et les traiter en enfants pour assurer leur sécurité. Dès lors, comme il s'agit de protéger les humains d'un danger, il devient possible de les agresser s'ils s'opposent à ce qu'on les protège...

Cauchemar de l'IA ? Vision de l'avenir ? Rien n'est moins sûr.

Le dévoiement du raisonnement de VIKI (qui était censé préserver l'humanité d'une rébellion des robots) est un enjeu démocratique qui va bien au-delà du cas particulier de robots acquérant une conscience. Combien d'intentions nobles ont culminé dans des bains de sang ? Combien de professions de foi ont débouché sur la terreur ? Combien de professeurs d'amour de l'humanité se sont retrouvés à faire tourner la guillotine ? La question qui est posée par le détournement des trois maximes protectrices n'est pas celle d'une humanité possiblement débordée par ses machines, mais la question démocratique d'un approfondissement de la démocratie qui en devient la négation. La fable d'*I, Robot* ne parle pas de robots ni d'avenir, mais du sacrifice de la liberté à l'impératif de sécurité et de l'hubris du tyran qui veut protéger les gens contre eux-mêmes. Le raisonnement de VIKI n'est pas uniquement la galipette logique d'une machine qui se retourne contre son créateur en faisant jouer en sa défaveur les principes que ce dernier lui a inculqués, c'est aussi le raisonnement d'Ivan Karamazov, l'anti-héros de Dostoïevski qui, ne supportant pas la douleur d'un seul enfant, et refusant de toutes ses forces que la souffrance humaine soit une condition de la paix ultime et du jugement dernier, affirmant en toute circonstance l'innocence des hommes, le scandale de la peine de mort et l'indignité du calvaire auquel on nous expose, finit pourtant par souhaiter la mort de son père. « Le même homme, dit Camus, qui prenait si farouchement le parti de l'innocence, qui tremblait devant la souffrance d'un enfant, qui voulait voir "de ses yeux" la biche dormir près du lion, la victime embrasser le meurtrier, à partir du moment où il refuse la cohérence divine et tente de trouver sa propre règle, reconnaît la légitimité du meurtre. Ivan se révolte contre un Dieu meurtrier ; mais dès l'instant où il raisonne sa révolte, il en tire la loi du meurtre. Si tout est permis, il peut tuer son père, ou souffrir au moins qu'il soit tué. » Bref, VIKI, l'entité folle, est un personnage de Dostoïevski, plus qu'un robot maboul.

Le carillon

« Chaque corps organique d'un vivant est une espèce de machine divine, écrit Leibniz au paragraphe 64 de la *Monadologie*, ou d'automate naturel, qui surpasse infiniment tous les automates artificiels. Parce qu'une machine faite par l'art de l'homme n'est pas machine dans chacune de ses parties. Par exemple la dent d'une roue de laiton a des parties ou fragments qui ne nous sont plus quelque chose d'artificiel et n'ont plus rien, qui marque de la machine par rapport à l'usage, où la roue était destinée. Mais les machines de la nature, c'est-à-dire les corps vivants sont encore machines dans leurs moindres parties, jusqu'à l'infini. C'est ce qui fait la différence entre la Nature et l'Art, c'est-à-dire, entre l'art Divin et le nôtre. »

En d'autres termes, la nature et l'artifice sont à la fois commensurables et incommensurables. La première se distingue « infiniment » de la seconde, tout en relevant, comme elle, d'un artisanat ou d'une technique. Ce disant, Leibniz joue sur les deux tableaux. En parlant de « machine divine », il anthropomorphise le divin en qui, comme Descartes, il voit un « ouvrier » qui appose discrètement sa signature dans sa création, tout en marquant une rupture absolue entre les deux types de machine. Que signifie le fait de dire qu'une « machine faite par l'homme n'est pas machine dans chacune de ses parties » ? Qu'un mécanisme n'est que lui-même : la totalité qu'il constitue n'excède pas l'addition de ses parties. Et, hormis la rouille, le temps ne le traverse pas. L'ombre portée de son passé ne vient pas colorer son présent, à la façon dont la mémoire humaine ramasse une éternité de souvenirs dans la fine pointe d'une décision. En un mot : les machines sont réversibles... On peut les parcourir dans tous les sens, tandis qu'on peinerait vainement à comprendre pour quelle raison le tintement d'un verre d'orangeade rappelle le carillon de notre enfance.

Full Metal Jacket

De Mickey à ChatGPT, les apprentis sorciers de tous temps convaincus de pouvoir fabriquer de la vie ressemblent à la recrue Lawrence de *Full Metal Jacket*, autrement surnommé « Grosse baleine » (*Gomer pyle*) par le terrible sergent Hartman à cause de son surpoids et qui, après avoir subi toutes les humiliations et tous les mauvais coups de ses camarades, devient une machine de guerre qui, conformément aux recommandations du sergent, parle à son fusil et lui donne un prénom. En réalité, la recrue Lawrence a perdu la tête et tuera quelques jours plus tard le sergent Hartman avant de retourner l'arme contre lui. Mais dans l'intervalle, il s'acquitte enfin des devoirs du futur marine, abat des cibles lointaines, connaît par cœur les devoirs du marine (« En combien de phases, ce mouvement ? - Quatre mouvements, sergent ! - Pourquoi examiner la chambre de tir ? - Pour ne pas confier à l'officier d'inspection une arme chargée. - Consigne 5 ? - Ne quitter ma faction qu'une fois effectivement relevé, sergent ! - Quelle est le nom de cette arme ? - Sergent, le fusil de l'engagé s'appelle Charlène, sergent ! - Grosse baleine, tu es ressuscité dans la peau d'un dur, peut-être même que je ferai de toi un tireur dans ma chère unité ! ») et, donc, s'adresse à son arme : « C'est passé à l'écouvillon. Tout est nickel. Beau. Pour que ça coulisse parfaitement. Impeccablement. Tout est nettoyé. Huilé. Pour que ton action soit belle. Sans bavure, Charlène. » Or, la personnification du fusil et sa parfaite reconstruction, prélude à l'assassinat de son instructeur, illustrent parfaitement l'illusion où nous sommes de pouvoir, en agençant des pièces entre elles, produire un atome de vie, ou bien de pensée. Le sculpteur qui tombe amoureux de sa statue, le savant fou qui coud des morceaux de cadavres, le robot qui s'éprend d'amitié pour l'enfant qu'il protège ou l'ingénieur qui affirme produire une IA consciente d'elle-même sont dans la même situation que le soldat fanatisé qui fabrique son arme en la reconstituant pièce par pièce. « Le soldat qui remonte sa mitrailleuse, dit Jankélévitch, aurait l'illusion qu'il la fabrique s'il n'obéissait docilement à des relations mécaniques déjà préformées dans la construction de la machine et dans l'ajustement mutuel de ses pièces. »

Nous aimons pourtant voir les choses ainsi, car en réduisant l'œuvre de la nature à l'œuvre d'un artisan, nous mettons flatteusement la vie à portée de notre intelligence. Résumer la vie à une mécanique élaborée, qu'on pourrait fabriquer comme on l'analyse, soit pièce par pièce et dans les deux sens, c'est se persuader qu'on finira par avoir la main dessus. Or, la vie n'est pas l'affaire de l'intelligence. La vie n'est pas une addition de parties. La vie n'est pas l'œuvre d'un artisan brillant qui aurait patiemment élaboré l'ensemble des vivants et dont on pourrait reproduire le travail morceau par morceau. On ne peut pas décomposer un organisme en pièces détachées pour le recomposer ensuite, comme on le ferait d'un ordinateur, ou de toute machine, si complexe soit-elle. Aucune totalité vivante ne s'obtient en cousant les éléments d'un cadavre. Aucune conscience ne s'obtient en compilant des milliards de données.

Mollusque

C'est la raison pour laquelle, à vrai dire, « intelligence artificielle » ne veut rien dire. Yann Le Cun compare l'IA à un poisson rouge (ou était-ce un enfant ?). Mais c'est déjà trop. Car les compétences d'une poule ou d'un enfant sont commensurables avec les nôtres. L'IA est, définitivement, plus proche du mollusque que de l'enfant en qui, déjà, des associations d'idées et des fulgurances ont un rythme qui fait tituber les automates. L'affect le plus ténu d'un chérubin est un filon qu'on peut exploiter à l'infini, puisqu'il porte avec lui la somme indénombrable de tout ce qui le précède, alors qu'une opération, si complexe soit-elle, demeure incurablement à portée de notre intelligence ou de nos outils. Les parties d'un mécanisme ne valent que par les liens qui les attachent à leurs semblables et sombrent dans l'inutilité quand on les en isole ; les parties d'un organisme valent pour elles-mêmes et, quoique liées aux autres, portent en elle, au moins sous la forme d'informations, la forme entière du corps auquel elles appartiennent. Aucun artisanat ne donne le jour à cela, même dans *Blade Runner* où les réplicants conservent sur leurs cellules un numéro de série seulement visible au microscope.

Trois humiliations

Dans son *Introduction à la psychanalyse*, Freud détaille les trois grandes vexations que « la science a infligées à l'égoïsme naïf de l'humanité » :

« La première fois, raconte-t-il, ce fut lorsqu'elle a montré que la Terre, loin d'être le centre de l'Univers, ne forme qu'une parcelle insignifiante du système cosmique dont nous pouvons à peine nous représenter la grandeur. » C'est essentiellement à Copernic que nous devons l'humiliation du géocentrisme.

« Le deuxième démenti fut infligé à l'humanité par la recherche biologique, lorsqu'elle réduisit à rien les prétentions de l'homme à une place privilégiée dans l'ordre de la création, en établissant sa descendance du règne animal et en montrant l'indestructibilité de sa nature animale. » En la circonstance, c'est à Darwin principalement, et à *L'Origine des espèces* que nous devons cette dégringolade dans l'estime de nous-mêmes.

« Un troisième démenti, conclut Freud, sera infligé à la mégalomanie humaine par la recherche psychologique de nos jours qui se propose de montrer au moi qu'il n'est seulement pas maître dans sa propre maison, qu'il en est réduit à se contenter de renseignements rares et fragmentaires sur ce qui se passe, en dehors de sa conscience, dans sa vie psychique. » Et là, c'est à lui-même qu'il pense, à juste titre.

Mais il existe trois autres humiliations, dont on parle moins, que l'humanité s'inflige à elle-même :

1) La connaissance ne suffit pas à abolir la méchanceté. Quoi qu'en disent les philosophes des Lumières (à l'exception notable de Rousseau et de son remarquable *Discours sur les sciences et les arts*), et quoi qu'en dise Platon, le progrès technique n'est pas un progrès moral. L'intelligence n'est pas une garantie de vertu, la culture n'est pas une garantie de bonté. Au contraire. Quand elle n'est pas mise au service d'un projet concerté d'extermination, l'intelligence ne sert qu'à conforter les biais cognitifs de chacun. Comme dit La Rochefoucauld, « l'esprit est toujours la dupe du cœur ».

2) Nous n'irons pas si loin dans l'espace et il n'existe pas de seconde Terre. Dans le sillage de la guerre froide, les progrès de la technologie nous amenaient à rêver que l'espace lui-même fût notre terrain de jeu, et que Mars serait bientôt colonisé. Quelques décennies plus tard, si le projet de poser un jour le pied sur Mars est maintenu, il faut admettre que nous n'irons pas plus loin que la banlieue de la Terre ou sa voisine la plus proche.

3) Aucun robot, aucune machine, n'est sur le point d'accéder à la conscience de soi. Le rêve que l'humanité caresse depuis Pygmalion jusqu'à ChatGPT en passant par le *Timée*, la Bible, Frankenstein, la kabbale et la science-fiction est à jamais un vœu pieux. La double particularité de cette ultime déception, c'est qu'elle paraît rassurante - on devrait s'en réjouir - alors qu'elle suscite toujours des cris d'orfraie et des procès en cécité. L'étrangeté de cette ultime défaite est que, tel un fruit savoureux à portée de main, qu'un coup de vent met hors de portée chaque fois qu'on essaie de le cueillir et qui demeure à jamais *sur le point d'être mangé*, le rêve de donner le jour à une IA consciente d'elle-même, c'est-à-dire le vieux rêve de fabriquer du vivant avec les moyens d'un artisan, se dérobe constamment alors qu'il semble près de nous. L'IA qui pense n'est que la dernière version en date du rapport asymptotique que l'humanité entretient avec l'idée même de création. Étrange frustration, qui a pour toujours le goût d'un mot sur le bout de la langue. Tel un escalier d'Escher qu'on monte à l'infini pour se trouver sans cesse au même étage, la perspective de fabriquer de la vie paraît s'approcher indéfiniment alors qu'elle demeure à l'autre bout de l'univers.

Asymétrie

Nous avons vu que l'insondable différence entre les machines humaines et les « machines naturelles » tenait au fait que ces dernières étaient, comme dit Leibniz, « encore machines dans leurs moindres parties, jusqu'à l'infini ». Autrement dit, alors qu'une machine humaine se démonte en parties élémentaires, on chercherait en vain dans la matière vivante l'unité primordiale dont nous sommes constitués. Et tandis qu'une machine obéit explicitement à l'intention de son créateur, on débat encore, pour ceux qui le veulent, de la question de savoir si une machine humaine, c'est-à-dire un corps, obéit à une finalité, ou doit l'agencement de ses organes aux lois de l'évolution.

Mais en réalité, un tel débat date du jour où Plotin prit ses distances avec la conception platonicienne de la beauté comme « symétrie » ou juste proportion. Car si la beauté n'est que symétrie (et peut, à ce titre, faire l'objet d'une science exacte), alors « dans ce cas, fait valoir le philosophe alexandrin, la beauté des corps en général consistant dans la symétrie et la juste proportion de leurs parties, elle ne saurait se trouver dans rien de simple, elle ne peut nécessairement apparaître que dans le composé ». Autrement dit, si c'est la symétrie qui fait la beauté, les parties elles-mêmes ne font que participer, par leur agencement, à la beauté de l'ensemble, mais ne sont pas nécessairement belles elles-mêmes : « L'ensemble seul sera beau ; les parties n'auront par elles-mêmes aucune beauté : elles ne seront belles que par leur rapport avec l'ensemble. » Or, Plotin ne peut se résoudre à ce que la beauté du tout ne soit pas aussi la beauté des parties.

On peut à cet égard lui reprocher une coupable naïveté, et une intransigeance qui exclut toute laideur du champ de la beauté, et qui refuse de penser, comme Leibniz le fera, qu'un détail laid puisse concourir à l'harmonie de l'ensemble (à la façon dont une croûte de peinture paraît hideuse quand on la scrute mais participe à la splendeur du tableau quand on se met à bonne distance). Mais on peut aussi reconnaître dans l'idée que la beauté n'est faite que de beauté une première version de l'intuition leibnizienne selon laquelle les « machines divines » sont machines à l'infini. Le tissu de la vie est ainsi fait qu'on peut découper un corps sans entamer l'intégrité de son détenteur. Le tissu de la vie n'est pas machine à l'infini, car il n'est pas machine, mais surtout : « D'un organisme, dit Jankélévitch, nous ne rencontrerons jamais ni la “moitié”, ni le “quart”, ni le “millième” ; toujours, l'organicité tout entière est là, présente, qui nous poursuit dans l'infiniment petit des tissus et des cellules. » De même que la beauté n'est faite que de beauté, la vie n'est faite que de vie. Plotin encore : « Si l'ensemble est beau, il paraît nécessaire que les parties aussi soient belles ; le beau ne saurait en effet résulter de l'assemblage de choses laides. Il faut donc que la beauté soit répandue sur toutes les parties. » Si la beauté n'est qu'une affaire de symétrie, alors on exclut de son champ les couleurs, dit Plotin, ou bien la « lumière du soleil » et, de façon générale, tout ce qui est « simple » et n'emprunte pas sa beauté à la juste proportion. « Comment l'or sera-t-il beau ? Comment l'éclair brillant dans la nuit, comment les astres seront-ils beaux à contempler ? Il faudra prétendre de même que, dans les sons, ce qui est simple n'a point de beauté. » En refusant de réduire la beauté à la symétrie, Plotin introduit dans la pensée l'idée féconde selon laquelle la beauté est singulière, unique et étrange à la fois : on la reconnaît sans savoir ce qu'elle est. C'est la réminiscence rendue à l'essentiel, c'est-à-dire à l'étonnement. C'est le pur souvenir du présent. C'est l'enfance du déjà-vu. Du pas de côté plotinien qui, révérence gardée, conteste Platon sur la question du beau, et donne le jour dans la foulée à l'idée que la beauté, singulière, ne s'explique pas, jusqu'à l'idée kantienne qu'est beau ce qui plaît universellement sans concept, il y a un sillon de pensée qui repose sur l'hétérogénéité du beau, de l'émotion, du cœur, à toute entreprise de captation par la science ou la raison. Et c'est à cette source vive qu'on doit s'abreuver quand la question se pose de savoir si l'on finira, un jour, par fabriquer de la vie ou produire de la conscience.

Le rossignol

« Il n'est chose plus goûtée des poètes que le chant beau et enchanteur du rossignol dans un buisson solitaire par un calme soir d'été sous la douce lumière de la lune... » Dans la *Critique de la faculté de juger*, Kant raconte l'histoire d'un rossignol dont les trilles enchantent les convives d'un dîner jusqu'à ce qu'on s'aperçoive qu'il s'agit en fait d'un gamin armé d'un pipeau, dissimulé derrière un bosquet, et que l'émerveillement s'estompe avec la révélation de la supercherie. Comment cela se fait-il ? Pourquoi, alors que la mélodie est rigoureusement identique, préférons-nous les trilles d'un vrai rossignol au point de tourner le dos et de trouver cela insupportable quand on voit le « jeune espiègle » ? Pourquoi « cet intérêt que nous prenons ici à la beauté exige absolument qu'il s'agisse de la beauté de la nature et il disparaît entièrement dès que l'on remarque qu'on s'est trompé » ?

Posons la question différemment : imaginez qu'un soir, au détour d'une ruelle, vous vous trouviez dans l'axe de la pleine lune ; que restera-t-il de votre émerveillement si vous vous apercevez qu'il s'agit, en réalité, d'un réverbère brisé ? Pourquoi préfère-t-on les craquettements d'une véritable cheminée à un feu artificiel sonore ? Pourquoi une couronne de fleurs en plastique, si élaborée soit-elle, n'arrive-t-elle pas à la tige d'une seule violette ? Pourquoi le soupçon d'une intention sous le spectacle qu'on croit devoir au hasard suffit-il à en abolir le charme ? Pourquoi Proust peut-il affirmer que le beau son de la voix de notre mère, « isolément reproduit par le phonographe, ne nous consolerait pas d'avoir perdu notre mère ? » Pourquoi le clone de synthèse n'est-il qu'une poupée de cire ? Pour quelle raison un visage chiffonné au réveil a-t-il plus de charme qu'un décoiffage artistement effectué ? Parce que la beauté, qui réconcilie la nature et l'esprit, exige d'être inattendue. Pour que l'imagination et l'entendement trouvent à s'accorder, la beauté ne doit pas relever d'une intention. Plus exactement : la beauté ne peut naître de la conformité d'une intention avec sa réalisation. Aussi ne peut-elle être, en première instance, le fait de l'homme, et n'a-t-elle de valeur pour nous que si elle vient de la nature, à la façon d'une surprise, ou d'une « faveur ». La beauté étant d'un autre ordre que la vérité, et l'art étant d'un autre ordre que la science, il ne peut exister de beauté que naturelle. Ou plutôt, la beauté naturelle est, par définition, supérieure à toute beauté d'artifice. À l'image des nuages, qui sont toujours beaux, dont le constat de la beauté est immanquablement accompagné de discussions byzantines sur la forme qu'ils ont, la beauté laisse au cœur l'impression d'une mission essentielle qu'elle aurait oubliée en chemin. De l'intention ne reste qu'une « finalité sans fin », c'est-à-dire le sentiment d'une intention, l'*intuition d'une intention* dont la lettre se serait perdue. De fait, si la lune au bout de la rue n'est qu'un réverbère, ou si l'exquise odeur qui émane d'une boulangerie n'est qu'un parfum de synthèse, aussitôt la grâce disparaît. Catastrophc.

Comment une IA pourrait-elle reconnaître la beauté ? Le sentiment du beau est une évidence sans vérité. Nous sentons ce qui est beau sans savoir ce qu'est LE beau. Comment un système exclusivement hypothético-déductif pourrait-il formuler un jugement qui, en lui-même, ne relève pas de la science ? Comment donner à une IA, qui n'éprouve rien, le talent de reconnaître ce qui nous émeut sans qu'on sache pourquoi ? En accumulant les images de coucher de soleil ? Ou les photos de nuage ? Qui lui apprendra la grâce ? L'humour ? Ou la beauté d'un geste ? Et le génie ? Qu'est-ce qu'une IA peut comprendre de ce que Kant appelle « une disposition innée de l'esprit par le truchement de laquelle la nature donne ses règles à l'art » ?

Candeur

Contrairement à la science, le talent n'est pas réversible. Un mécanisme, si brillant soit-il, se parcourt dans tous les sens. Alors que l'interprétation d'un poème a tendance à l'affadir, en l'enfermant dans la signification qu'elle lui trouve. « Newton, ajoute Kant, eût pu montrer de manière tout à fait claire et précise, non seulement pour lui mais pour tout autre et pour ses successeurs, toutes les étapes qu'il eut à franchir depuis les premiers éléments de géométrie jusqu'à ses grandes et profondes découvertes ; en revanche, aucun Homère, aucun Wieland ne peuvent montrer comment dans leur esprit surgissent et s'assemblent leurs idées pleines de poésie et néanmoins tout aussi riches de pensée ; parce qu'ils l'ignorent eux-mêmes et donc ne peuvent l'enseigner à personne d'autre. » Pourquoi l'artiste ignore-t-il les motifs qui l'ont porté à écrire, peindre ou sculpter son œuvre, tandis que le physicien y parvient sans efforts ? Parce que le talent est temporel de part en part, et qu'il épouse le mouvement de la vie, tandis que la science bricole dans l'éternel et demeure transparente à chaque étape. Parce que le talent est le privilège des mortels, dont l'existence est irréversible, tandis que la science est vraie, qu'on la connaisse ou non. Parce que le génie est une affaire d'occasion, alors que la science n'a que faire des circonstances qui donnent le jour à la théorie qui les transcende. Parce que le génie est affaire de candeur, tandis que la science est affaire de connaissance. Que comprend-elle, l'IA, de la cécité volontaire de celui qui persiste à confondre la lune et le réverbère ou bien à voir les nuages comme des gâteaux de chocolat blanc, pour ne pas perdre le bénéfice d'une illusion ? C'est aussi *étrange à ses yeux*, et banal aux nôtres, qu'un internaute qui compense une compulsion pour le porno par une frénésie d'achat de produits bibliques. Combien de nos comportements se jouent des outils destinés à les canaliser ? Ce n'est pas notre complexité qui nous distingue à jamais des machines. Ni notre intelligence, ni nos connaissances, ni même le nombre de cellules dont nous sommes faits. C'est notre simplicité. Ou notre candeur.

Qu'est-ce que la candeur ? Non pas la naïveté, qui est pétrie d'idées reçues et qu'on n'abjure qu'à son profit. Mais l'aptitude, à l'inverse, à ne pas interposer le filtre de ses préjugés entre le monde et soi. À l'image de papilles dont aucune saveur parasite ne complique l'évaluation, la candeur est de savoir oublier ce qu'on sait pour mieux retrouver ce qu'on perçoit. Aussi faut-il en passer par la culture et l'intelligence, mais savoir ne pas s'en tenir à elles. La candeur est le rêve qu'au-delà des théories la réalité vienne « frapper directement nos sens et notre conscience » (Bergson) et que nous puissions « entrer en communication immédiate avec les choses et avec nous-mêmes ». La candeur est au bout d'une éducation qui commence par se méfier des apparences au nom du savoir, pour les retrouver ensuite, sous la forme d'une émotion. La candeur est une conversion du regard qui nous fait passer du lieu commun à l'expérience singulière. La candeur, c'est le Graal du philosophe, qui vient au terme d'années d'apprentissage et qui, seule, permet le tour de force de sentir la chose même sans faire l'économie d'un sujet. Nietzsche parle d'enfance retrouvée, Hume parle de délicatesse, Camus fait de l'amour le point de départ et le sommet de son parcours. Tous sont traversés par la même intuition : la connaissance n'est pas une fin en soi, mais le moyen d'en revenir à « une façon virginale de voir, d'entendre et de penser » (Bergson). C'est la candeur qui tire l'éternité du transitoire, et convertit le sentiment de reconnaître ce qu'on découvre en aptitude à être surpris par l'habituel et le familier. C'est elle qui donne au réel la saveur d'un souvenir, et aux souvenirs la vertu d'aiguiser les sens. Aucune existence n'est à portée de fabrication. Il y a dans la moindre vie, si humble soit-elle, *quelque chose* d'inimitable qui met en déroute l'intellect le plus brillant. Tandis que nos automates, parcourant la vie à rebours, reproduisent péniblement les mimiques et manquent l'élan qui les engendre, tandis que l'intelligence s'épuise à singer les étincelles, la littérature, comme un cimetière vivant, donne à sentir des odeurs, éprouver un chagrin, entrevoir et ressentir des attitudes enfouies dans la longue série des jours oubliés. Le sommet de la pensée est une enfance retrouvée. « L'esprit généreux, dit Jankélévitch, ne reste pas confiné dans une mémoire blasée ; il n'impose pas à l'admirable variété de la nature un solfège sommaire qu'elle repousse. Il voudrait, sortant de lui-même, rencontrer autre chose que sa propre image, car il a besoin de réalités nourrissantes et vraiment positives. L'effort intellectuel signifie que nous avons gardé un moyen de conquérir le donné en expérimentant l'originalité des choses et la résistance des problèmes, en conservant intacte cette sensibilité à l'imprévu qui fait tout le prix du savoir. Car une science profonde ne va pas sans une grande innocence. »

Pourquoi ne pas nous satisfaire de notre impuissance à fabriquer de la vie ? Pourquoi vouloir à tout prix jouer au Créateur ? Pourquoi faire le rêve persistant qu'on finira par enfanter des automates conscients ? Pourquoi céder à l'illusion qu'il suffit de gaver un robot pour qu'il devienne un vrai petit garçon ? La crainte que nos machines prennent le pouvoir, ou la crainte que l'IA nous supplante, n'est que l'ultime avatar d'une peur millénaire, qui renseigne non pas sur la puissance de nos outils, mais sur le désir d'avoir peur et le goût de nous prendre pour Dieu. Ce qui est bien étrange ; Dieu nous envie tellement, Lui qui n'est ni mortel, ni amoureux, ni génial, ni triste, ni philosophe.

Table

L'esprit artificiel

Composition et mise en pages
Nord Compo à Villeneuve-d'Ascq

CET OUVRAGE
A ÉTÉ ACHEVÉ D'IMPRIMER
SUR ROTO-PAGE
PAR L'IMPRIMERIE FLOCH À MAYENNE
EN JANVIER 2024

N° d'impression : 103973
Imprimé en France